Tucholsky Wagner Zola Scott Sydow Freud Schlegel
Turgenev Wallace Fonatne
Twain Walther von der Vogelweide Fouqué Friedrich II. von Preußen
Weber Freiligrath Frey
Fechner Fichte Weiße Rose von Fallersleben Kant Ernst Frommel
Richthofen
Hölderlin
Engels Fielding Eichendorff Tacitus Dumas
Fehrs Faber Flaubert
Eliasberg Ebner Eschenbach
Feuerbach Maximilian I. von Habsburg Fock Eliot Zweig
Ewald Vergil
Goethe Elisabeth von Österreich London
Mendelssohn Balzac Shakespeare Dostojewski Ganghofer
Lichtenberg Rathenau Doyle Gjellerup
Trackl Stevenson Hambruch
Mommsen Tolstoi Lenz Hanrieder Droste-Hülshoff
Thoma
Dach Verne von Arnim Hägele Hauff Humboldt
Reuter Rousseau Hagen Hauptmann Gautier
Karrillon Garschin
Damaschke Defoe Hebbel Baudelaire
Descartes
Hegel Kussmaul Herder
Wolfram von Eschenbach Dickens Schopenhauer Rilke George
Darwin Melville Grimm Jerome
Bronner Bebel Proust
Campe Horváth Aristoteles
Bismarck Vigny Barlach Voltaire Federer Herodot
Gengenbach Heine
Storm Casanova Tersteegen Grillparzer Georgy
Chamberlain Lessing Langbein Gilm
Brentano Lafontaine Gryphius
Strachwitz Claudius Schiller Kralik Iffland Sokrates
Katharina II. von Rußland Bellamy Schilling
Gerstäcker Raabe Gibbon Tschechow
Löns Hesse Hoffmann Gogol Wilde Gleim Vulpius
Luther Heym Hofmannsthal Klee Hölty Morgenstern
Roth Heyse Klopstock Goedicke
Luxemburg Puschkin Homer Kleist
La Roche Horaz Mörike Musil
Machiavelli
Navarra Aurel Musset Kierkegaard Kraft Kraus
Lamprecht Kind Kirchhoff Hugo Moltke
Nestroy Marie de France
Laotse Ipsen Liebknecht
Nietzsche Nansen
Marx Lassalle Gorki Klett Ringelnatz
von Ossietzky May Leibniz
vom Stein Lawrence Irving
Petalozzi
Platon Pückler Michelangelo Knigge Kafka
Sachs Poe Kock
Liebermann Korolenko
de Sade Praetorius Mistral Zetkin

Der Verlag tredition aus Hamburg veröffentlicht in der Reihe **TREDITION CLASSICS** Werke aus mehr als zwei Jahrtausenden. Diese waren zu einem Großteil vergriffen oder nur noch antiquarisch erhältlich.

Symbolfigur für **TREDITION CLASSICS** ist Johannes Gutenberg (1400 — 1468), der Erfinder des Buchdrucks mit Metalllettern und der Druckerpresse.

Mit der Buchreihe **TREDITION CLASSICS** verfolgt tredition das Ziel, tausende Klassiker der Weltliteratur verschiedener Sprachen wieder als gedruckte Bücher aufzulegen – und das weltweit!

Die Buchreihe dient zur Bewahrung der Literatur und Förderung der Kultur. Sie trägt so dazu bei, dass viele tausend Werke nicht in Vergessenheit geraten.

Der Ball von Sceaux

Honoré de Balzac

Impressum

Autor: Honoré de Balzac
Übersetzung: Hugo Kaatz
Umschlagkonzept: toepferschumann, Berlin

Verlag: tradition GmbH, Hamburg
ISBN: 978-3-8424-0316-1
Printed in Germany

Honoré de Balzac

Der Ball von Sceaux

Le Bai de Sceaux

Der Graf von Fontaine, das Haupt einer der ältesten Familien Poitous, hatte der Sache der Bourbonen mit Intelligenz und Mut während der Kämpfe der Vendéer gegen die Republik gedient. Nachdem er allen Gefahren entronnen war, die die royalistischen Anführer in dieser stürmischen Epoche der zeitgenössischen Geschichte bedroht hatten, pflegte er scherzend zu sagen: »Ich bin einer von denen, die sich auf den Stufen des Throns haben töten lassen!« Dieser Scherz hatte etwas Wahres bei einem Manne, den man an dem blutigen Tage von Quatre-Chemins für tot liegen gelassen hatte. Obgleich durch die Konfiskationen ruiniert, weigerte sich dieser getreue Vendéer beharrlich, eine der einkömmlichen Stellungen anzunehmen, die ihm der Kaiser Napoleon anbieten ließ. Unbeugsam in seinen aristokratischen Anschauungen, handelte er auch blind nach diesen Grundsätzen, als er es an der Zeit hielt, sich eine Lebensgefährtin zu wählen. Trotz der verführerischen Angebote eines reichen republikanischen Parvenüs, der sich eine solche Heirat viel Geld hätte kosten lassen, verehelichte er sich mit einem Fräulein von Kergarouet, die vermögenslos, deren Familie aber eine der ältesten der Bretagne war. Von der Restauration wurde Herr von Fontaine überrascht, als er bereits eine zahlreiche Familie besaß. Obwohl es dem vornehm denkenden Edelmann nicht in den Sinn gekommen wäre, eine Gunst für sich zu erbitten, gab er doch dem Wunsche seiner Frau nach, verließ seinen Landsitz, dessen bescheidener Ertrag kaum für die Bedürfnisse seiner Kinder ausreichte, und ging nach Paris. Angewidert von der Begehrlichkeit, mit der seine alten Kameraden auf die Stellungen und Würden, die die konstitutionelle Regierung zu vergeben hatte, Jagd machten, war er schon im Begriff, auf sein Landgut zurückzukehren, als er einen Brief des Ministers erhielt, in dem ihm eine ziemlich berühmte Exzellenz seine Erhebung zum Range eines Feldmarschalls mitteilte, auf Grund der Ordonnanz, wonach es Offizieren der katholischen Armeen gestattet war, sich die ersten zwanzig Jahre einer fingierten Regierung Ludwigs XVIII. als Dienstzeit anzurechnen. Einige Tage später empfing der Vendéer auch noch, ohne darum gebeten zu haben, sondern von Amts wegen, das Kreuz des Ordens der Ehrenlegion und das Sankt-Ludwigskreuz. Durch diese aufeinanderfolgenden Gnadenbeweise wurde er in seinem Entschlusse wieder schwankend, da er sie dem Umstande zuschreiben zu müssen glaubte, daß der Monarch sich seiner erinnert habe; er begnügte sich nicht mehr damit, seine Familie alle Sonntage, wie er es unverbrüchlich getan hatte, in den Marschallsaal der Tuilerien zu führen und dort, wenn sich die Prinzen in die Kapelle begaben, »Es lebe der König« zu rufen, sondern er suchte um die Gunst einer besonderen Audienz nach. Diese sofort bewilligte Audienz hatte aber keinen besonderen Charakter. Der Saal im Schlosse war voll von alten Dienern, deren gepuderte Köpfe, aus einer gewissen Höhe gesehen, einem Teppich aus Schnee glichen. Hier traf der Edelmann alte Kameraden, die ihn aber etwas kühl begrüßten; die Prinzen allerdings erschienen ihm »anbetungswürdig« – ein Ausdruck, der ihm in seinem Enthusiasmus entschlüpfte –, als der liebenswürdigste seiner Herrscher, dem der Graf nur dem Namen nach bekannt zu sein glaubte, zu ihm herantrat, ihm die Hand drückte und ihn als den echtesten Vendéer bezeichnete. Trotz dieser Huldigung kam aber keiner der erlauchten Persönlichkeiten auf den Gedanken, ihn über die Höhe seiner Verluste oder der Beträge, die er in generöser Weise den Kassen der katholischen Armee hatte zufließen lassen, zu befragen. Er erkannte ein wenig spät, daß er Krieg auf eigene Kosten geführt hatte. Gegen Ende des Abends glaubte er eine geistreiche Anspielung auf den Stand seiner Vermögensverhältnisse wagen zu dürfen, der dem vieler anderer Edelleute glich. Seine Majestät lachte herzlich, weil jedes Wort, das von Geist zeugte, imstande war, sein Gefallen zu erregen; aber sie antwortete nur mit einem der königlichen Scherze, deren Liebenswürdigkeit mehr zu fürchten war, als ein im Zorn ausgesprochener Tadel. Einer der intimsten Vertrauten des Königs zögerte auch nicht, sich dem schlauen Vendéer zu nähern, und gab ihm mit einer feinen höflichen Bemerkung zu verstehen, daß der Moment noch nicht gekommen sei, wo man den Herrschern seine Rechnung präsentieren könne: auch befanden sich auf dem Tische noch viele Denkschriften, die älter waren als sein Anliegen, und die sicher von Wichtigkeit für die Geschichte der Revolutionszeit waren. Der Graf entfernte sich klüglich aus der verehrungswürdigen Gruppe, die respektvoll einen Halbkreis um die erlauchte Familie bildete; dann, nachdem er seinen Degen, der ihm zwischen seine dünnen Beine geraten war, wieder zurechtgeschoben hatte, begab er sich zu Fuß über den Hof der Tuilerien zu seinem Mietswagen, den er am Quai hatte halten lassen. Mit der Halsstarrigkeit, die den Adel vom alten Schlage auszeichnet, bei dem die Erinnerung an die Liga und die Barrikaden noch nicht erloschen ist, schimpfte er in seinem Wagen so laut, daß er sich dadurch kompromittieren konnte, über die Veränderung, die bei Hofe eingetreten war. »Ehemals«, sagte er zu sich, »sprach jedermann frei mit dem Könige über seine privaten Angelegenheiten, die Edelleute konnten nach ihrem Gefallen ihn um eine Gnade und um Geld bitten, und heute soll man, ohne Lärm zu machen, nicht einmal die Rückzahlung von Geldern verlangen können, die man in seinem Interesse vorgestreckt hat? Zum Donnerwetter! Das Sankt-Ludwigskreuz und der Rang eines Feldmarschalls sind doch kein Ausgleich für die dreihunderttausend Franken, die ich rund und nett für die Sache des Königs hergegeben habe. Ich will noch mal mit dem Könige reden, von Angesicht zu Angesicht in seinem Kabinett.«

Dieser Vorgang kühlte den Eifer des Herrn von Fontaine um so mehr ab, als seine Gesuche um eine Audienz beständig unbeantwortet blieben. Andererseits mußte er sehen, wie Eindringlinge vom kaiserlichen Hof her mehrfach Chargen erhielten, die unter der alten Monarchie nur den Mitgliedern der besten Häuser vorbehalten gewesen waren.

»Es ist alles verloren«, sagte er eines Morgens zu sich. »Der König ist unzweifelhaft niemals etwas anderes als ein Revolutionär gewesen. Hätten wir nicht seinen Bruder, der nicht wankt und der Trost seiner getreuen Diener ist, dann wüßte ich nicht, in welche Hände eines Tages die Krone Frankreichs geraten könne, wenn diese Art zu regieren so weiter geht. Ihre verdammte konstitutionelle Verfassung ist die schlechteste aller Regierungsformen, und Frankreich wird sich ihr niemals anpassen. Ludwig XVIII. und Herr Beugnot haben uns in Saint-Ouen alles verdorben.«

Der Graf, der alle Hoffnungen aufgegeben hatte, schickte sich an, auf sein Landgut zurückzugehen und gab großmütig alle seine Ansprüche auf Schadloshaltung auf. In diesem Moment kündigten die Ereignisse des zwanzigsten März einen neuen Sturm an, der das legitime Königtum und seine Verteidiger mit fortzureißen drohte. Gleich den zartfühlenden Leuten, die einen Diener bei Regenwetter nicht ausschicken, nahm Herr von Fontaine Geld auf seine Besitzung auf, um dem auf der Flucht befindlichen Königshause folgen zu können, ohne zu wissen, ob sein Anschluß an die Emigranten für ihn nutzbringender sein würde, als es seine Hingebung in der vergangenen Zeit gewesen war; da er aber bemerkt hatte, daß die Exilgenossen mehr in Gunst standen, als die Tapferen, die einstmals sich gegen die Aufrichtung der Republik mit bewaffneter Hand aufgelehnt hatten, so durfte er vielleicht hoffen, aus diesem Aufenthalt in der Fremde größeren Vorteil zu ziehen, als durch tätige und gefährliche Dienstleistungen im Lande. Diese Erwägungen eines Hofmanns waren keine Spekulationen ins Blaue hinein, die auf dem Papier glänzende Resultate verheißen, aber bei ihrer Ausführung zum Ruin führen. So wurde er, nach dem Ausspruch des geistreichsten und gewandtesten unsrer Diplomaten, einer von den fünfhundert getreuen Dienern, die das königliche Exil in Gent teilten, und die in einer Anzahl von fünfzigtausend aus ihm zurückkehrten. Während dieser kurzen Abwesenheit des Königshauses hatte Herr von Fontaine das Glück, von Ludwig XVIII. zu Diensten verwendet zu werden; und es fand sich mehr als eine Gelegenheit, da er dem Könige den Beweis großer politischer Zuverlässigkeit und treuer Anhänglichkeit geben konnte. Eines Abends, als der Monarch gerade nichts Besseres zu tun hatte, erinnerte er sich an das Bonmot, das Herr von Fontaine damals in den Tuilerien geäußert hatte. Der alte Vendéer ließ sich eine solche Gelegenheit nicht entgehen und erzählte seine Geschichte geistvoll genug, so daß der König, der nichts vergaß, sich zu geeigneter Zeit daran erinnern konnte. Dem erlauchten Literaten fiel auch die gewandte Form auf, die einige Noten zeigten, mit deren Redaktion der diskrete Edelmann betraut worden war. Dieses unbedeutende Verdienst prägte Herrn von Fontaine dem Gedächtnis des Königs als einen der loyalsten Diener der Krone ein. Nach der zweiten Rückkehr wurde der Graf zu einem der außerordentlichen Sendboten ernannt, die die Departements bereisten und die Aufgabe hatten, über die Begünstiger der Rebellion das entscheidende Urteil zu fällen; aber er machte nur mäßigen Gebrauch von seiner furchtbaren Machtvollkommenheit. Sobald diese temporäre Rechtsprechung erledigt war, konnte sich der bisherige Generalprofoß auf einem der Stühle des Staatsrats niederlassen, wurde Deputierter, als welcher er wenig sprach, aber aufmerksam zuhörte, und änderte seine Anschauungen erheblich. Mehrere den Biographen unbekannt gebliebene Umstände ließen ihn mit dem Könige so vertraut werden, daß der boshafte Monarch ihn einmal beim Hereintreten mit den Worten empfing: »Fontaine, mein lieber Freund, ich würde mir nicht einfallen lassen, Sie zum Generaldirektor oder zum Minister zu ernennen! Weder Sie noch ich könnten, wenn wir ein solches Amt hätten, bei unsern Anschauungen darin verbleiben. Das Repräsentativsystem hat die gute Seite, daß es uns die Peinlichkeit erspart, die wir früher empfanden, wenn wir unsere Staatssekretäre selber fortschicken mußten. Unser Staatsrat ist zu einem Wirtshaus geworden, in das die öffentliche Meinung uns häufig seltsame Reisende schickt; aber schließlich werden wir doch immer wissen, wie wir unsre getreuen Diener unterzubringen haben.« Nach dieser boshaften Eröffnung erging eine Ordonnanz, durch die Herr von Fontaine mit der Verwaltung einer Domäne, die Privateigentum der Krone war, betraut wurde. Infolge der verständnisvollen Aufmerksamkeit, mit der er die Sarkasmen seines königlichen Freundes anhörte, kam sein Name immer Seiner Majestät auf die Zunge, sobald eine Kommission gebildet werden mußte, deren Mitglieder reiche Gehälter empfingen. Er war klug genug, über die Gunst, mit der ihn der Monarch beehrte, Stillschweigen zu bewahren, und verstand es, den König durch seine pikante Erzählungskunst bei den vertraulichen Plaudereien gut zu unterhalten, die Ludwig XVIII. ebenso sehr liebte, wie gefällig abgefaßte Billetts, politische Anekdoten und, wenn man sich dieses Ausdrucks bedienen darf, diplomatische oder parlamentarische Kankans, die damals im Überfluß zirkulierten. Man weiß, daß Details über seine »Regierungsbefähigung«, ein Ausdruck, den der erlauchte Spötter aufgenommen hatte, ihn außerordentlich belästigten. Dank der Klugheit, dem Geist und der Gewandtheit des Grafen von Fontaine konnte jedes Glied seiner zahlreichen Familie, so jung es auch war, sich schließlich, wie er sich gegen seinen Herrn scherzhaft ausdrückte, wie ein Seidenwurm auf die Blätter des Etats setzen. So erhielt durch königliche Gnade sein ältester Sohn eine hervorragende Stellung in der unabsetzbaren Richterschaft. Der zweite, vor der Restauration einfacher Hauptmann, bekam unmittelbar nach seiner Rückkehr aus Gent das Kommando einer kaiserlichen Legion; dann kam er, anläßlich der Umwälzungen im Jahre 1815, während deren man sich nicht an das Reglement hielt, in die königliche Garde, von da wieder zu den Gardes-du-Corps, wurde dann nochmals zur Linie versetzt und war schließlich, nach der Affäre des Trocadero, Generalleutnant mit einem Kommando bei der Garde. Der Jüngste, zum Unterpräfekten ernannt, wurde bald Generalsteuereinnehmer und Abteilungsdirektor bei der Pariser Stadtverwaltung, wo er vor allen Gefahren gesetzgeberischer Umwälzungen geborgen war. Diese unauffälligen Gnadenbeweise, die ebenso geheim blieben wie die Gunst, in der der Grafstand, ergossen sich, ohne Aufsehen zu erregen, über die Familie. Obgleich der Vater und die drei Söhne nun jeder genügend Sinekuren besaß, um sich des Genusses eines sicheren Einkommens zu erfreuen, das fast so groß war wie das eines Generaldirektors, so erregte ihr Glück, das sie ihrer politischen Stellung verdankten, doch niemandes Neid. In dieser Zeit der ersten konstitutionellen Einrichtungen hatten nur wenige einen richtigen Begriff von den friedlichen Regionen des Budgets, in denen geschickte Günstlinge Ersatz für zerstörte Abteien zu finden verstanden. Der Graf von Fontaine, der sich noch vor kurzem gerühmt hatte, daß er die Verfassung nie gelesen habe, zögerte nicht, seinem erhabenen Herrn zu beweisen, daß er ebensogut wie er den Geist und die Hilfsquellen des »Repräsentativsystems« begriffen habe. Aber trotz der sicheren Karrieren, die sich seinen drei Söhnen eröffnet hatten, trotz der pekuniären Vorteile, die sich aus den vier Stellungen ergaben, stand Herr von Fontaine doch an der Spitze einer zu zahlreichen Familie, als daß er schnell und leicht wieder zu Vermögen hätte kommen können. Seine drei Söhne waren reich an Zukunftshoffnungen, Gunst und Begabung; aber er besaß noch drei Töchter und mußte fürchten, die Güte des Monarchen zu ermüden. Er hatte sich daher vorgenommen, immer nur von einer dieser Jungfrauen mit ihm zu reden, wenn sie die Hochzeitsfackel entzünden wollten. Der König besaß einen zu guten Geschmack, als daß er sein Werk hätte unvollendet lassen wollen. Die Heirat der ältesten mit einem Generaleinnehmer, Planat de Baudry, kam zustande auf Grund eines königlichen Ausspruchs, der nichts kostete und Millionen einbrachte. Eines Abends mußte der Monarch, der schlechter Laune war, lächeln, als er von der Existenz eines zweiten Fräuleins von Fontaine hörte, die er dann mit einem jungen Richter verheiratete, der zwar, es ist wahr, von bürgerlicher Herkunft, aber reich und von großer Begabung war, und den er zum Baron machte. Als aber im nächsten Jahre der Vendéer von Fräulein Emilie von Fontaine sprach, da erwiderte ihm der König mit seiner schwachen rauhen Stimme: »Amicus Plato, sed magis amica Natio.« Dann, einige Tage später, verehrte er seinem

»Freunde Fontaine« einen ziemlich harmlosen Vierzeiler, den er ein Epigramm nannte, und in dem er über seine drei Töchter scherzte, die er so gewandt unter der Form einer Trinität vorgebracht hätte. Wenn man der Chronik Glauben schenken darf, so hatte der König mit seinem Bonmot auf die göttliche Dreieinigkeit anspielen wollen.

»Würde sich der König nicht herablassen, sein Epigramm in ein Hochzeitsgedicht umzuwandeln?« sagte der Graf, indem er versuchte, diese Laune zu seinen Gunsten zu lenken.

»Wenn ich auch die Reime dazu fände, so könnte ich doch keinen Sinn hineinbringen«, erwiderte scharf der König, der einen solchen Scherz über sein Dichten, wie milde er auch war, nicht liebte. Von diesem Tage an wurde sein Verkehr mit Herrn von Fontaine weniger freundlich. Die Könige sind widerspruchsvoller, als man gewöhnlich glaubt. Wie fast alle spät geborenen Kinder, war Emilie von Fontaine der von aller Welt verwöhnte Benjamin. Die Kühle des Königs war daher dem Grafen um so schmerzlicher, als niemals eine Heirat schwerer zustande zu bringen war, als die dieser geliebten Tochter. Um alle diese Schwierigkeiten zu verstehen, muß man sich in das Innere des schönen Hauses begeben, in dem der Leiter der Domäne auf Kosten der Zivilliste untergebracht war. Emilie hatte ihre Kindheit auf dem Familiengute verbracht, wo ihr alle Wünsche der frühen Jugend reichlich erfüllt wurden; ihr geringstes Verlangen war für ihre Schwestern, ihre Brüder, für die Mutter und selbst für den Vater Gesetz. Alle ihre Angehörigen waren in sie vernarrt. Als sie ins Alter der Erwachsenen gelangt war, gerade zu der Zeit, da die Familie sich der größten Gunst der Geschicke erfreute, setzte sie ihr vergnügtes Leben fort. Der Pariser Luxus erschien ihr ebenso selbstverständlich, wie der Reichtum an Blumen und Früchten und wie der Überfluß auf dem Lande, der das Glück ihrer ersten Lebensjahre ausgemacht hatte. Ebenso wie sie niemals in ihrer Kinderzeit auf einen Widerspruch gestoßen war, wenn sie ihre Wünsche nach irgendeinem Vergnügen erfüllt sehen wollte, ebenso sah sie, daß sie nur zu befehlen brauchte, als sie sich im Alter von vierzehn Jahren in den Strudel des Gesellschaftstreibens stürzte. Schrittweise an die Genüsse, die der Reichtum gewährt, gewöhnt, wurden ihr ausgesucht feine Toiletten, reich geschmückte Salons und kostbare Equipagen ebenso unentbehrlich, wie wahre oder falsche schmeichelhafte Komplimente und die Feste und das nichtige Getriebe bei Hofe. Wie die meisten verwöhnten Kinder tyrannisierte sie alle, die sie liebten, und sparte ihre Liebenswürdigkeit für die Gleichgültigen auf. Ihre Fehler wurden mit den Jahren nur immer schlimmer, und ihre Angehörigen sollten bald die bitteren Früchte einer so verderblichen Erziehung zu kosten bekommen. Mit neunzehn Jahren hatte Emilie von Fontaine noch keine Wahl unter den zahlreichen jungen Männern treffen wollen, die Herr von Fontaine mit Absichten zu seinen Gesellschaften einlud. Obwohl sie noch jung war, erfreute sie sich in der Gesellschaft aller Freiheit, die einer geistvollen Frau zugestanden wird. Wie die Könige, hatte sie keine Freunde und sah überall um sich nur Dienstfertigkeit, ein Verhalten, dem auch eine bessere Natur als sie wohl nicht hätte widerstehen können. Kein Mann, selbst kein alter Mann, war imstande, den Ansichten eines jungen Mädchens zu widersprechen, von dem ein einziger Blick auch ein kaltes Herz zu entflammen vermochte. Sorgfältiger als ihre Schwestern erzogen, malte sie ziemlich gut, sprach italienisch und englisch und spielte Klavier so gut, daß andere Spieler an sich verzweifelten; endlich besaß ihre von den besten Lehrern ausgebildete Stimme eine Süße, die ihrem Gesang einen unwiderstehlichen Zauber verlieh. Geistvoll und in allen Literaturen zu Hause, hätte sie an den Ausspruch Mascarilles glauben machen können, daß bedeutende Leute schon alles wissen, wenn sie zur Welt kommen. Es wurde ihr leicht, über die italienische oder die niederländische Malerei, über Mittelalter oder Renaissance zu sprechen, sie gab aufs Geratewohl ihr Urteil über alte und neue Bücher ab und wußte in grausamer geistreicher Weise die Fehler eines Werkes deutlich zu kennzeichnen. Ihre einfachsten Aussprüche wurden von einer in sie vernarrten Menge aufgenommen wie ein »Fetfa« des Sultans von den Türken. So blendete sie oberflächliche Leute; tiefere Geister erkannte sie mit angeborenem Takt heraus, und ihnen gegenüber entfaltete sie so viel Liebenswürdigkeit, daß sie durch dieses bezaubernde Wesen sich einer strengeren Prüfung entziehen konnte. Hinter dieser verführerischen Oberfläche verbarg sich ein unempfindliches Herz und die vielen jungen Mädchen gemeinsame Anschauung, daß niemand hoch genug gestellt war, um den Adel ihrer Seele begreifen zu können, dazu noch ein Stolz, der sich ebenso auf ihre Herkunft, wie auf ihre Schönheit stützte. Da ihr jedes heiße Empfinden, das früher oder später in dem Herzen einer Frau Verwüstungen anrichtet, fern lag, kam ihr jugendliches Feuer nur in einer maßlosen Sucht nach Auszeichnung, verbunden mit der tiefsten Verachtung der bürgerlichen Kanaille, zum Ausdruck. Sehr hochfahrend gegenüber dem neuen Adel, machte sie alle Anstrengungen, damit ihre Angehörigen sich auf gleichen Fuß mit den berühmtesten Familien des Faubourg Saint-Germain stellen konnten.

Diese Empfindungen waren dem aufmerksamen Auge des Herrn von Fontaine nicht entgangen, der nach der Verheiratung seiner beiden ältesten Töchter mehr als einmal über die Sarkasmen und Bonmots Emilies seufzte. Logisch Denkende werden erstaunt darüber sein, daß der alte Vendéer seine älteste Tochter einem Generaleinnehmer gegeben hatte, der zwar wohl mehrere frühere adlige Güter besaß, vor dessen Namen sich aber der Partikel nicht befand, dem der Thron so viele Verteidiger verdankte, und seine zweite Tochter einem Beamten, dessen Baronie noch zu jung war, um vergessen zu lassen, daß sein Vater Holzhändler gewesen war. Der bemerkenswerte Umschwung in den Anschauungen des Edelmanns, der eintrat, als er sein sechzigstes Lebensjahr erreichte, ein Alter, in dem die Menschen nur selten ihren alten Standpunkt aufgeben, war nicht nur dem Aufenthalt in dem modernen Babylon, wo alle Provinzler schließlich ihre Herbheit einbüßen, zuzuschreiben; die neue politische Meinung des Grafen von Fontaine war auch das Resultat der Ratschläge und der Freundschaft des Königs. Dieser philosophische Fürst hatte Gefallen daran gefunden, den Vendéer zu den Ideen zu bekehren, die der Fortschritt des neunzehnten Jahrhunderts und die Erneuerung der Monarchie forderten. Ludwig XVIII. wollte Parteien schaffen, wie Napoleon Einrichtungen und Männer geschaffen hatte. Der legitime König, der vielleicht ebenso geistvoll war wie sein Rivale, handelte in entgegengesetztem Sinne. Das letzte Haupt des Hauses Bourbon war ebenso bemüht, dem dritten Stand und den Männern des Kaiserreichs, den Klerus inbegriffen, Genüge zu tun, wie der erste der Napoleons sich beeifert hatte, die Grandseigneurs an sich zu ziehen und die Kirche zu bereichern. Vertraut mit den Gedanken des Königs, war der Staatsrat unmerklich einer der einflußreichsten und klügsten Führer der gemäßigten Partei geworden, die im Namen der nationalen Interessen lebhaft eine Einigung der politischen Ansichten wünschte. Er predigte die kostspieligen Prinzipien einer konstitutionellen Regierung und unterstützte mit aller Kraft das Spiel der politischen Schaukel, die seinem Herrn gestaltete, inmitten der Umtriebe die Regierung Frankreichs fortzuführen. Vielleicht schmeichelte sich auch Herr von Fontaine mit dem Gedanken, bei einem der gesetzgeberischen stürmischen Umschwünge, deren merkwürdige Ergebnisse damals auch die ältesten Politiker überraschten, zur Pairswürde zu gelangen. Einer seiner starrsten Grundsätze besagte, daß er in Frankreich keinen andern Adel anerkennen könne als den der Pairs, deren Familien die einzigen seien, die Privilegien besäßen.

»Ein Adel ohne Privilegien«, pflegte er zu sagen, »ist ein Griff ohne Messer.«

Der Partei Lafayettes ebenso fernstehend wie der Partei La Bourdonnayes, versuchte er eifrig, die allgemeine Versöhnung durchzusetzen, aus der eine neue Ära und eine glänzende Zukunft für Frankreich entstehen sollte. Er bemühte sich, die Familien, die in seinem Hause verkehrten, und die, die er besuchte, davon zu überzeugen, wie wenig günstige Chancen zurzeit die militärische und die Beamtenkarriere böte. Er empfahl den Müttern, ihre Kinder freien und industriellen Berufen zuzuwenden, indem er ihnen zu verstehen gab, daß die hohen Stellungen beim Heer und bei der Verwaltung schließlich doch ganz konstitutionellerweise den jüngeren Söhnen der Adelsfamilien der Pairs vorbehalten bleiben müßten. Nach seiner Ansicht habe die Nation sich einen genügend großen Anteil an der Verwaltung durch die gewählte Volksvertretung erobert und durch ihre Plätze in der Richterschaft und der Finanz, die, wie er meinte, immer, wie früher auch, das Erbteil der hervorragenden Männer des dritten Standes sein würden. Diese neuen Ideen des Familienhauptes der Fontaines und die klugen Eheschließungen seiner beiden älteren Töchter, die deren Resultat waren, hatten starken Widerstand in seinem Hause erfahren. Die Gräfin von Fontaine blieb ihren alten Grundsätzen treu, die eine Frau, die mütterlicherseits zu den Rohans gehörte, auch nicht gut verleugnen konnte. Aber wenn sie sich auch eine kurze Zeit dem Glück und dem Reichtum, der ihren beiden älteren Töchtern winkte, widersetzt hatte, so fügte sie sich doch nach einigen vertraulichen Aussprachen, wie sie Eheleute abends miteinander zu halten pflegen, wenn sie auf demselben Kopfkissen ruhen. Herr von Fontaine bewies seiner Frau mit kühler genauer Rechnung, daß der Aufenthalt in Paris, die Verpflichtung, hier zu repräsentieren, der Glanz ihres Hauses, der sie für die Entbehrungen, die sie so tapfer miteinander hinten in der Vendée ertragen hatten, entschädigen sollte, und die Ausgaben, die sie für ihre Söhne gemacht hatten, den größten Teil ihres festen Einkommens verschlangen. Man mußte also die Gelegenheit, die sich bot, ihre Töchter so reich zu verheiraten, wie eine göttliche Gnade ansehen und ergreifen. Würden sie nicht eines Tages ein Einkommen von sechzig-, achtzig- oder hunderttausend Franken Rente haben? So vorteilhafte Partien boten sich nicht alle Tage für Mädchen ohne Mitgift. Es wäre auch schließlich Zeit, ans Sparen zu denken, um das Gut der Fontaines zu vergrößern und den alten Landbesitz der Familie wiederherzustellen. Die Gräfin fügte sich, wie es alle Mütter an ihrer Stelle und vielleicht mit schnellerem Entgegenkommen, getan hätten, so überzeugenden Gründen; aber sie erklärte, wenigstens müßte ihre Tochter Emilie so verheiratet werden, daß der Stolz, den man unglücklicherweise in dieser jungen Seele mit hatte sich entwickeln helfen, zufriedengestellt werden würde.

So hatten die Ereignisse, die eigentlich Freude in dieser Familie hätten hervorrufen müssen, ihr einen kleinen Keim zur Zwietracht eingepflanzt. Der Generalunternehmer und der junge Richter wurden mit zeremonieller Kühle, die die Gräfin und ihre Tochter Emilie um sich zu verbreiten wußten, aufgenommen. Ihr Aufrechthalten der Etikette fand noch ein weit größeres Betätigungsfeld für ihre häusliche Tyrannei: Der Generalleutnant heiratete Fräulein Mongenod, die Tochter eines reichen Bankiers; der Präsident vermählte sich verständigerweise mit einer Dame, deren Vater, zwei- oder dreifacher Millionär, sein Vermögen im Salzhandel erworben hatte; schließlich bekannte sich auch der dritte Bruder zu solchen bürgerlichen Anschauungen, indem er ein Fräulein Grossetéte, die einzige Tochter des Generalsteuereinnehmers von Bourges, zur Frau nahm. Die drei Schwägerinnen und die beiden Schwäger fanden so viel Reiz und persönliches Interesse daran, sich in der hohen Sphäre der politischen Machthaber und in den Salons der Faubourg Saint-Germain bewegen zu dürfen, daß sie alle vereint einen Hofstaat um die hochmütige Emilie bildeten. Dieser auf Interesse und Stolz gebaute Pakt war aber doch nicht so fest gezimmert, daß die junge Souveränin nicht häufig Revolutionen in ihrem Hof kreise hervorrief. Szenen, die sich allerdings in gemessenen Grenzen hielten, hatten bei allen Gliedern dieser einflußreichen Familie einen mokanten Ton entstehen lassen, der, wenn er auch die öffentlich zur Schau getragenen freundschaftlichen Beziehungen nicht wesentlich beeinträchtigte, doch bisweilen im Familienkreise wenig wohlwollende Gefühle zum Ausdruck kommen ließ. So hielt sich die Frau des Generalleutnants für ebenso vornehm wie eine Kergarouet und behauptete, daß ihre schönen hunderttausend Franken Einkommen ihr das Recht gäben, sich ebenso hochfahrend zu benehmen wie ihre Schwägerin Emilie, der sie zuweilen ironisch ihre Wünsche für eine glückliche Ehe aussprach, wobei sie ihr mitteilte, daß die Tochter irgendeines Pairs soeben einen Herrn, der ganz kurz Soundso hieß, geheiratet habe. Die Frau des Vicomte von Fontaine gefiel sich darin, durch den Geschmack und den Reichtum ihrer Toiletten, ihrer Möbel und ihrer Equipagen Emilie auszustechen. Die spöttische Miene, mit der die Schwägerinnen und die beiden Schwäger manchmal die von Fräulein von Fontaine geltend gemachten Prätentionen aufnahmen, erregte bei ihr einen Zorn, den sie kaum durch einen Hagel von boshaften Bemerkungen beschwichtigen konnte. Als das Haupt der Familie die Abkühlung der verschwiegenen und schwankenden Freundschaft des Monarchen verspürte, war er um so mehr in Sorge, als infolge der spöttischen Herausforderung ihrer Schwester seine geliebte Tochter ihre Ansprüche höher schraubte als jemals.

Während die Dinge so lagen, und zu der Zeit, da dieser häusliche Krieg recht ernst geworden war, verfiel der Monarch, bei dem Herr von Fontaine wieder in Gunst zu kommen hoffte, in eine Krankheit, die ihm den Tod bringen sollte. Der große Politiker, der sein Schiff durch alle Stürme zu steuern verstanden hatte, mußte jetzt unabwendbar unterliegen. In Ungewißheit, auf welche Gunst er in Zukunft würde rechnen können, gab sich der Graf von Fontaine die größte Mühe, seiner jüngsten Tochter die Elite der heiratsfähigen jungen Männer vorzuführen. Wer das schwierige Problem, eine stolze und phantastisch gesinnte Tochter zu verheiraten, zu lösen versucht hat, wird vielleicht verstehen, was für Anstrengungen der arme Vendéer machte. Wäre ihm das nach dem Wunsche seines geliebten Kindes geglückt, so hätte dieser letzte Erfolg den Weg, den der Graf seit zehn Jahren in Paris zurückgelegt hatte, in würdiger Weise abgeschlossen. In der Art, wie seine Familie sich ihre Einkünfte von allen Ministerien erobert hatte, konnte sie sich mit dem Hause Österreich vergleichen, das durch seine Verbindungen ganz Europa an sich zu reißen droht. So ließ sich auch der alte Vendéer nicht abschrecken, immer neue Bewerber vorzustellen, so sehr lag ihm das Glück seiner Tochter am Herzen; aber nichts war amüsanter als die Art und Weise, mit der dieses hochfahrende Wesen ihr Urteil abgab und die Eigenschaften ihrer Anbeter kritisierte. Man hätte meinen sollen, Emilie wäre, wie eine Prinzessin aus arabischen Märchen, so reich und so schön, daß sie das Recht hätte, unter sämtlichen Prinzen der Welt ihre Wahl zu treffen; von ihren Einwänden war einer lächerlicher als der andere: der eine hatte zu dicke Beine oder zu knochige Knien, der andere war kurzsichtig, dieser hätte den Namen Durand, jener hinke, fast alle waren ihr zu dick. Lebhafter, reizender und vergnügter als je, stürzte sie sich, nachdem sie zwei oder drei Bewerber abgewiesen hatte, in den Trubel der Winterfeste und Bälle, wo ihr durchdringender Blick die Tagesberühmtheiten prüfte, und wo sie ein Vergnügen darin fand, Bewerbungen herauszufordern, die sie dann immer zurückwies. Für diese Celimenenrolle war sie von der Natur mit den erforderlichen Vorzügen überreich ausgestattet worden. Groß und schlank, besaß Emilie von Fontaine ein nach ihrem Belieben hoheitsvolles oder mutwilliges Auftreten. Ihr etwas langer Hals erlaubte ihr, eine reizende Haltung voller Hochmut und Rücksichtslosigkeit anzunehmen. Sie hatte die mannigfaltigsten Gesichtsausdrücke und weiblichen Gesten, die so grausam und so gut zu ihren halbblauten Worten und ihrem Lächeln paßten, zur Verfügung. Schönes schwarzes Haar und sehr starke, kräftig geschwungene Augenbrauen verliehen ihrer Physiognomie einen stolzen Ausdruck, den sie mit Hilfe ihrer Koketterie und ihres Spiegels durch Festigkeit oder Süße des Blicks, durch Starrheit oder leichte Bewegung der Lippen, durch Kühle oder Liebenswürdigkeit des Lächelns schrecklich zu machen oder zu mildern verstand. Wenn Emilie ein Herz erobern wollte, dann hatte ihre klare Stimme einen melodischen Klang; aber sie konnte sie ebenso scharf und schneidend erklingen lassen, wenn sie die indiskrete Sprache eines Kavaliers zum Schweigen bringen wollte. Ihr weißer Teint und ihre Alabasterstirn erinnerten an die durchsichtige Oberfläche eines Sees, die sich abwechselnd unter dem Hauch einer Brise kräuselt und ihre heitere

Ruhe wiedergewinnt, wenn der Luftzug nachgelassen hat. Mehr als einer von den jungen Männern, die von ihr abgelehnt worden waren, hatte sie beschuldigt, daß sie Komödie spiele; aber sie war dadurch gerechtfertigt, daß sie auch denen, die übel über sie redeten, den Wunsch einflößte, ihr zu gefallen und sich ihrer koketten Geringschätzung zu unterwerfen. Keins der jungen Mädchen, um die man sich drängte, verstand es besser, den Gruß eines begabten Mannes hoheitsvoll zu erwidern, oder ihresgleichen mit beleidigender Höflichkeit wie Untergeordnete zu behandeln und ihre Nichtachtung alle die fühlen zu lassen, die sich mit ihr auf gleiche Stufe stellen wollten. Wo sie sich auch befand, überall schien sie mehr Huldigungen entgegenzunehmen als Liebenswürdigkeiten, und selbst im Salon einer Prinzessin hätte ihr Wesen und ihre Haltung, den Stuhl, auf dem sie Platz genommen, in einen Kaiserthron verwandelt.

Zu spät erkannte Herr von Fontaine, wie sehr die Erziehung seiner Lieblingstochter durch die zärtliche Verwöhnung der ganzen Familie verdorben worden war. Die Bewunderung, mit der einem jungen Mädchen zuerst von der Gesellschaft gehuldigt wird, für die sie sich aber später unvermeidlich rächt, hatte den Stolz Emiliens noch erhöht und ihr Selbstbewußtsein noch wachsen lassen. Der allseitige Diensteifer hatte bei ihr den natürlichen Egoismus verwöhnter Kinder entwickelt, die, ähnlich den Königen, sich über alles, was sich ihnen nähert, lustig machen. Jetzt verbargen noch ihre jugendliche Grazie und der Reiz ihres Geistes vor allen Augen diese bei einem weiblichen Wesen um so häßlicheren Fehler, als die Frau ja nur durch Hingebung und Selbstverleugnung wahrhaft gefallen kann; da aber dem Blick eines guten Vaters nichts entgeht, so machte Herr von Fontaine oftmals den Versuch, seiner Tochter die ersten Seiten in dem rätselhaften Buche des Lebens zu erklären. Das war aber ein vergebliches Unternehmen. Allzuoft mußte er über die launenhafte Unbelehrbarkeit und die ironische Weisheit seiner Tochter seufzen, als daß er bei den schwierigen Versuchen, eine so schlimme Naturanlage zu bessern, hätte verharren können. Er begnügte sich damit, ihr von Zeit zu Zeit Ratschläge voller Liebe und Güte zu geben; aber er mußte zu seinem Schmerze erkennen, daß auch seine zärtlichsten Worte von dem Herzen seiner Tochter wie von Marmor abglitten. Väterliche Augen öffnen sich so spät, daß es für den alten Vendéer mehr als eines Beweises bedurfte, bis er merkte, mit welcher Herablassung seine Tochter ihm ihre seltenen Zärtlichkeitsbezeugungen zuteil werden ließ. Sie glich darin den kleinen Kindern, die ihrer Mutter zu sagen scheinen: »Mach schnell mit deinem Küssen, ich will spielen gehen.« Gewiß besaß Emilie auch zärtliches Empfinden für ihre Angehörigen. Aber häufig überkam sie eine plötzliche Laune, wie sie sonst bei jungen Mädchen unerklärlich erscheint; sie blieb dann für sich allein und ließ sich nur selten blicken; sie beklagte sich darüber, daß sie die väterliche und mütterliche Liebe mit Allzuvielen teilen müsse und war auf alle, selbst auf Brüder und Schwestern, eifersüchtig. Und wenn sie dann mit größter Mühe Einsamkeit um sich geschaffen hatte, dann klagte das merkwürdige Mädchen die ganze Welt wegen dieser freiwilligen Vereinsamung und wegen ihres Kummers, den sie sich selbst verursacht hatte, an. Mit der Erfahrung einer Zwanzigjährigen beklagte sie ihr Los, ohne zu begreifen, daß die wahren Bedingungen des Glückes in uns selber liegen, und verlangte, daß die Dinge der äußeren Welt es ihr gewähren sollten. Bis ans Ende der Welt wäre sie geflohen, um solchen Heiraten, wie sie ihre Schwestern gemacht hatten, zu entgehen; aber trotzdem verspürte sie eine abscheuliche Eifersucht in ihrem Herzen, daß sie sie reich und glücklich verheiratet sehen mußte. Und manchmal mußte ihre Mutter, die ebensosehr wie Herr von Fontaine das Opfer ihres Verhaltens war, auf den Gedanken kommen, daß sie eine Spur von Irrsinn in sich trage. Eine solche Verirrung ist nicht unerklärlich: denn nichts ist verbreiteter als dieser heimliche Stolz im Herzen junger Personen, die zu Familien gehören, die auf der sozialen Leiter eine hohe Stufe einnehmen, und von der Natur mit großer Schönheit beschenkt worden sind. Fast alle diese sind davon überzeugt, daß ihre Mütter, wenn sie das vierzigste oder fünfzigste Lebensjahr erreicht haben, mit den jungen Seelen weder mitfühlen noch ihre Träume verstehen können. Sie reden sich ein, daß die meisten Mütter auf ihre Töchter eifersüchtig sind, daß sie sie nach ihrem Geschmack kleiden, mit der ausgesprochenen Absicht, sie beiseite zu schieben und ihnen die für sie bestimmten Huldigungen zu rauben. Daher rühren häufig die heimlichen Tränen und die stumme Auflehnung gegen die angebliche mütterliche Tyrannei. Trotz dieses Kummers, der echt ist, obwohl er auf einer imaginären Grundlage fußt, haben sie noch die Manie, sich einen Lebensplan zurechtzumachen und sich selbst ein glänzendes Horoskop zu stellen; ihre Verirrung besteht darin, daß sie ihre Träume für Wirklichkeit halten, sie nehmen sich heimlich, nach langem Grübeln, vor, Herz und Hand nur einem Manne zu schenken, der die und die vortrefflichen Eigenschaften haben würde; sie malen sich in der Einbildung einen bestimmten Typ aus, dem ihr Zukünftiger wohl oder übel entsprechen müsse. Wenn sie dann die nötige Lebenserfahrung gewonnen und mit den Jahren ernsthafter über den Lauf der Welt und ihren prosaischen Gang nachgedacht haben, dann verblassen die schönen Farben ihres Idealbildes; und später finden sie eines Tages im Verlauf des Lebens zu ihrem Erstaunen, daß sie ein eheliches Glück ohne die Erfüllung ihrer poetischen Träume gefunden haben. Aber Fräulein Emilie von Fontaine hatte auf Grund solcher Poesie sich in ihrer leicht zu erschütternden Weisheit ein Programm zurechtgemacht, dem ihr Zukünftiger entsprechen müsse, wenn sie ihm ihr Jawort geben solle. Daher ihr Hochmut und ihre Spöttereien.

»Jung und von altem Adel,« hatte sie sich gesagt, »muß er auch Pair von Frankreich oder der älteste Sohn eines Pairs sein! Es wäre mir unerträglich, wenn ich nicht an meinem Wagenschlag mein Wappen inmitten der wehenden Falten eines himmelblauen Mantels sehen und nicht beim Rennen von Longchamp durch die große Allee der Champs-Elysées ebenso wie die Prinzen fahren könnte. Mein Vater behauptet ja auch, daß dies eines Tages der höchste Rang in Frankreich sein würde. Außerdem soll er Soldat sein, wobei ich mir vorbehalte, ihn seinen Abschied nehmen zu lassen, und dann will ich, daß er dekoriert ist, damit man vor uns präsentiert.«

Aber diese schon an sich seltenen Eigenschaften würden noch nichts bedeuten, wenn dieses erdachte Wesen nicht auch noch besonders liebenswert, von gutem Aussehen, geistvoll und schlank gewachsen wäre. Die Schlankheit, dieser körperliche Vorzug, so vergänglich er auch, besonders unter der Herrschaft des Repräsentativsystems, war, bildete eine unerläßliche Bedingung. Fräulein von Fontaine hatte sich ein gewisses Idealmaß festgesetzt, das ihr als Modell galt. Der junge Mann, der auf den ersten Blick diesen gestellten Bedingungen nicht entsprach, empfing nicht einmal mehr einen zweiten.

»Mein Gott, sehen Sie doch nur, wie dick dieser Herr ist«, das bedeutete bei ihr den Ausdruck äußerster Verachtung.

Wenn man sie hörte, waren schon die Leute von erträglicher Korpulenz keiner Empfindung fähig, schlechte Ehemänner und nicht würdig, zur zivilisierten Gesellschaft zugelassen zu werden. Obgleich ein im Orient hochgeschätzter Vorzug, erschien ihr Fettleibigkeit bei Damen als ein Unglück; beim Manne aber war es ein Verbrechen. Solche paradoxen Ansichten wirkten bei ihr, dank einer gewissen scherzhaften Form der Fassung, amüsant. Trotzdem hatte der Graf das Gefühl, daß die Prätentionen seiner Tochter, deren Lächerlichkeit manchen ebenso klar sehenden, wie wenig nachsichtigen Damen klar werden mußte, später ein verhängnisvoller Anlaß zur Verspottung werden würde. Er fürchtete, daß die merkwürdigen Ansichten seiner Tochter mit dem guten Ton in Widerspruch geraten könnten. Und er zitterte davor, daß die erbarmungslose Gesellschaft sich vielleicht schon jetzt über eine Person lustig machte, die bereits so lange auf der Szene stand, ohne die Komödie, die sie spielte, zu einem befriedigenden Ende zu bringen. Mancher Mitspieler, ärgerlich über seine Ablehnung, schien nur auf irgendeine Gelegenheit zu warten, um sich zu rächen. Die Gleichgültigen und die Bequemen fingen an, der Sache müde zu werden: Bewunderung hat für das menschliche Geschlecht immer etwas Ermüdendes. Der alte Vendéer wußte besser als jeder andere, daß man mit geschickter Kunst den richtigen Moment wählen muß, um auf der Schaubühne der Welt, des Hofes, des Salons oder des Theaters aufzutreten, daß es aber noch schwerer ist, zur rechten Zeit abzutreten. Daher verdoppelte er in dem Winter, der dem Regierungsantritte Karls X. folgte, im Verein mit seinen drei Söhnen und seinen Schwiegersöhnen seine Anstrengungen, um in den Salons seines Hauses die besten Partien, die sich in Paris und unter den Besuchern aus den Departements boten, zu versammeln. Der Glanz seiner Feste, der Luxus seines Speisesaals und seine mit Trüffeln gewürzten Diners rivalisierten mit den berühmtesten Festtafeln, durch die sich die damaligen Minister die Stimmen ihrer parlamentarischen Anhänger sicherten.

Der ehrenwerte Deputierte wurde daher als einer der einflußreichsten Verderber der parlamentarischen Ehrlichkeit der berühmten Kammer bezeichnet, die an einer Magenverstimmung zu Ende zu gehen schien. Ein merkwürdiger Umstand! Die Versuche, seine Tochter zu verheiraten, erhielten ihn auffallend in Gunst. Vielleicht besaß er insgeheim ein Mittel, um seine Trüffeln zweimal zu verkaufen. Aber diese Anschuldigung von Seiten gewisser liberaler Spötter, die mit ihrem Wortschwall über ihren geringen Anhang in der Kammer hinwegtäuschen wollten, fand keinerlei Anklang. Das Verhalten des poitouer Edelmanns war ein so durchaus vornehmes und ehrenhaftes, daß kein einziger der Angriffe, mit denen die boshaften Zeitungen in dieser Epoche die dreihundert Stimmen des Zentrums, die Minister, die Köche, die Generaldirektoren, die Eßfürsten und die offiziellen Verteidiger des Ministeriums Villèle zu überhäufen pflegten, gegen ihn laut wurde.

Am Ende dieser Kampagne, während der Herr von Fontaine mehrmals alle seine Truppen aufgeboten hatte, glaubte er, daß diesmal die Versammlung von Bewerbern von seiner Tochter nicht mehr wie ein Blendwerk angesehen werden würde. Innerlich empfand er eine gewisse Genugtuung darüber, daß er seine Vaterpflicht getreu erfüllt hatte. Nachdem er solche Mühe aufgewendet hatte, hoffte er, daß sich unter so viel Herzen, wie diesmal der launenhaften Emilie dargeboten würden, wenigstens eines fände, das sie auszeichnen würde. Nicht imstande, diese Anstrengungen noch ein zweitesmal zu machen, und im übrigen durch das Benehmen seiner Tochter erschöpft, beschloß er gegen Ende der Fastenzeit eines Morgens, als die Kammersitzung seine Anwesenheit nicht allzu dringlich erforderte, mit ihr zu reden. Während ein Kammerdiener kunstvoll auf seinem gelben Schädel das Delta aus Puder abgrenzte, das zusammen mit den herabhängenden Taubenflügeln die ehrwürdige Frisur vervollkommnete, befahl Emiliens Vater, nicht ohne eine gewisse Aufregung, seinem alten Kammerdiener, dem stolzen Fräulein zu melden, daß es sofort vor dem Familienhaupte erscheinen möchte.

»Joseph,« sagte er, als seine Frisur beendet war, »nehmen Sie die Serviette fort, ziehen Sie die Vorhänge vor, stellen Sie die Sessel an ihren Platz, schütteln Sie den Kaminteppich aus und legen Sie ihn recht ordentlich wieder hin und machen Sie alles sauber. Vorwärts! Und dann machen Sie das Fenster auf und lassen Sie etwas frische Luft herein.«

Der Graf traf noch verschiedene Anordnungen, die Joseph außer Atem brachten, der, die Absicht seines Herrn verstehend, diesem im ganzen Hause naturgemäß am meisten unordentlichen Zimmer einige Frische verlieh, und dem es schließlich gelang, etwas Harmonie in die Haufen von Rechnungen, Mappen, Bücher und Möbel in diesem Heiligtum zu bringen, wo die Geschäfte der königlichen Domäne abgewickelt wurden. Als Joseph endlich einige Ordnung in dieses Chaos gebracht und, wie in einem Magazin von Neuheiten, die Dinge, die am erfreulichsten anzusehen waren oder durch ihre Farbe dem bureaumäßigen Anstrich einen poetischen Hauch verleihen konnten, in den Vordergrund gerückt hatte, blieb er mitten in dem Labyrinth von Papiermassen, die stellenweise bis auf den Teppich herunter herumlagen, stehen, bewunderte sein Werk, schüttelte den Kopf und verschwand.

Der arme Sinekureninhaber teilte die gute Meinung seines Dieners nicht. Bevor er sich in seinem riesigen Lehnsessel niederließ, warf er einen mißtrauischen Blick um sich, prüfte mit unzufriedener Miene seinen Hausrock, entfernte einige Tabaksspuren von ihm, putzte sich sorgsam die Nase, legte die Schaufeln und Feuerzangen zurecht, schürte das Feuer, zog seine Pantoffeln herauf, nahm seinen kleinen Zopf, der sich quer zwischen die Kragen der Weste und des Hausrocks geschoben hatte, heraus und ließ ihn gerade herabhängen; darauf fegte er die Asche des Kamins zusammen, die dessen hartnäckiges Versagen bezeugte. Dann nahm der alte Herr endlich Platz, nachdem er noch ein letztesmal sich in seinem Zimmer umgesehen hatte, und hoffte, daß nun nichts mehr Anlaß zu den ebenso lustigen wie unbescheidenen Bemerkungen geben könnte, mit denen seine Tochter seine weisen Ratschläge zu beantworten pflegte. Diesmal wollte er seine väterliche Würde nicht beeinträchtigen lassen. Zierlich nahm er eine Prise Tabak und hustete mehrmals, als ob er sich zum Sprechen anschickte, denn er vernahm den leichten Schritt seiner Tochter, die jetzt, eine Melodie aus dem ›Barbier‹ trällernd, hereintrat.

»Guten Morgen, lieber Vater; was wünschen Sie denn so früh von mir?«

Nach diesen Worten, die wie ein Refrain zu ihrem Liede klangen, umarmte sie den Grafen, nicht mit der zärtlichen Vertraulichkeit, die ein so süßer Ausdruck kindlichen Empfindens ist, sondern mit der oberflächlichen Gleichgültigkeit einer Mätresse, die überzeugt ist, daß alles, was sie tut, Freude macht.

»Mein liebes Kind,« sagte Herr von Fontaine würdig, »ich habe dich rufen lassen, um sehr ernsthaft mit dir über dich und deine Zukunft zu reden. Es ist jetzt eine Notwendigkeit geworden, daß du einen Gatten wählst, der dir ein dauerhaftes Glück verheißen kann ...«

»Lieber Vater,« unterbrach ihn Emilie und gab ihrer Stimme den schmeichelndsten Klang, »mir scheint, daß der Waffenstillstand, den wir bezüglich meiner Bewerber geschlossen haben, noch nicht abgelaufen ist.«

»Emilie, wir wollen heute über eine so wichtige Angelegenheit nicht scherzen. Schon seit einer gewissen Zeit vereinigen alle, die dich wirklich liebhaben, ihre Anstrengungen, um dich angemessen zu verheiraten, und es wäre undankbar von dir, über diese Beweise von Interesse, die nicht nur ich an dich verschwende, so leicht hinwegzugehen.«

Nach diesen Worten und nachdem sie ihren spöttisch prüfenden Blick über das Mobiliar des väterlichen Zimmers hatte hinlaufen lassen, nahm das junge Mädchen sich einen Sessel, der noch am wenigsten von Bittstellern abgenutzt erschien, schob ihn an die andere Seite des Kamins, so daß sie ihrem Vater gegenübersitzen konnte, nahm eine scheinbar so ernste Haltung an, daß man darin unmöglich einen Zug von Spott übersehen konnte, und kreuzte ihre Arme über der reichen Garnitur einer Pelerine à la neige, deren viele Tüllrüschen unbarmherzig zerdrückt wurden. Nachdem sie die sorgenvolle Miene ihres alten Vaters betrachtet hatte, lachte sie und brach endlich, ihr Schweigen.

»Ich habe Sie niemals sagen hören, lieber Vater, daß die Regierung ihre Mitteilungen im Hausrock macht. Aber«, fügte sie lächelnd hinzu, »das tut nichts, das Volk darf nicht anspruchsvoll sein. Hören wir also Ihre Gesetzesentwürfe und Ihre offiziellen Vorschläge.«

»Es wird mir nicht immer so leicht sein, dir welche zu machen, du junger Tollkopf! Höre mich an, Emilie. Ich habe nicht länger die

Absicht, meine Stellung aufs Spiel zu setzen, auf der zum Teil das Vermögen meiner Kinder beruht, indem ich dieses Regiment von Tänzern zusammenbringe, die du dann in jedem Frühjahr laufen läßt. Du bist schon, ohne es zu wissen, der Anlaß zu vielen gefährlichen Feindschaften mit gewissen Familien gewesen. Ich hoffe, daß du heute die Schwierigkeiten deiner und unserer Lage begreifen wirst. Du bist zweiundzwanzig Jahr alt, mein Kind, und seit beinahe drei Jahren hättest du schon verheiratet sein müssen. Deine Brüder und deine beiden Schwestern sind reich und glücklich versorgt. Aber die Ausgaben, mein Kind, die uns diese Heiraten verursacht haben, und die Art, wie du deine Mutter unser Haus zu führen veranlassest, haben unsere Einkünfte dermaßen aufgezehrt, daß ich dir kaum eine Mitgift von hunderttausend Franken geben kann. Von heute ab muß ich an die Zukunft deiner Mutter denken, die für meine Kinder nicht geopfert werden darf. Wenn ich einmal meiner Familie fehlen werde, dann soll Frau von Fontaine nicht von andern Leuten abhängig sein, sondern auch weiterhin die Behaglichkeit genießen können, mit der ich spät genug ihre Aufopferung in meinen unglücklichen Zeiten habe belohnen können. Du siehst, mein Kind, daß deine unbedeutende Mitgift in keinem Verhältnis zu deinen großen Ansprüchen steht. Und auch dies ist noch ein Opfer, das ich für kein anderes meiner Kinder gebracht habe; sie haben großmütig darauf verzichtet, dereinst einen Ausgleich für diese Bevorzugung eines allzu geliebten Kindes zu verlangen.«

»Bei ihren Verhältnissen!« sagte Emilie und schüttelte den Kopf.

»Meine liebe Tochter, du darfst diejenigen, die dich liebhaben, niemals so herabsetzen. Du mußt wissen, daß nur die Armen großmütig sind! Die Reichen haben stets ausgezeichnete Gründe, warum sie nicht auf zwanzigtausend Franken zugunsten eines Verwandten verzichten wollen. Also schmolle nicht, mein Kind, und laß uns ernsthaft miteinander reden. Ist dir unter den jungen Heiratskandidaten nicht Herr von Manerville aufgefallen?«

»Oh ja, er sagt ßön, statt schön, betrachtet immer seine Füße, weil er sie für klein hält und bewundert sich im Spiegel! Außerdem ist er blond, ich liebe die Blonden nicht.«

»Nun, und Herr von Beaudenord?«

»Der ist nicht von Adel. Außerdem ist er schlecht gewachsen und dick. Er ist allerdings brünett. Die beiden Herren müßten ihr Geld zusammentun, und dann sollte der eine seinen Körper und seinen Namen dem andern geben, der aber sein Haar behalten müßte; dann ... vielleicht ...«

»Und was hast du gegen Herrn von Rastignac einzuwenden?«

»Frau von Nucingen hat einen Bankier aus ihm gemacht«, sagte sie boshaft.

»Und der Vicomte von Portenduère, unser Verwandter?«

»Ein Kind, ein schlechter Tänzer, außerdem hat er kein Vermögen. Alle diese Leute, lieber Vater, haben auch keinen Rang. Zum wenigsten will ich doch Gräfin werden, wie meine Mutter.«

»Du hast also in diesem Winter niemanden gefunden, der ...«

»Nein, lieber Vater.«

»Was für einen wünschest du also?«

»Den Sohn eines Pairs von Frankreich.«

»Du bist ja toll!« sagte Herr von Fontaine und erhob sich.

Er erhob die Augen zum Himmel und schien aus frommen Gedanken ein neues Quantum von Ergebung zu schöpfen; dann warf er einen Blick voll väterlichen Mitleids auf seine Tochter, die bewegt wurde, nahm ihre Hand, drückte sie und sagte zärtlich zu ihr: »Gott ist mein Zeuge, du armes, betörtes Geschöpf, daß ich meine väterlichen Pflichten gegen dich gewissenhaft erfüllt habe; was sage ich, gewissenhaft? Voller Liebe, Emilie. Ja, Gott weiß es, ich habe in diesem Winter dir mehr als einen ehrenhaften Mann zugeführt, dessen Fähigkeiten, Sitten und Charakter mir bekannt waren, und alle waren nach meiner Ansicht deiner würdig. Meine Aufgabe ist erfüllt, mein Kind. Von heute ab bist du selbst Herrin deines Geschicks, und ich fühle mich glücklich und unglücklich zugleich, daß ich der schwersten väterlichen Pflicht enthoben bin. Ich weiß nicht, ob du noch lange meine Stimme hören wirst, die unglücklicherweise niemals streng war; denke aber daran, daß das eheliche Glück nicht so sehr auf glänzenden Eigenschaften und auf Reichtum beruht, wie auf gegenseitiger Achtung. Solch ein Glück ist, seinem Wesen entsprechend, bescheiden und ohne äußeren Glanz. Geh, mein Kind; wen du mir als Schwiegersohn bringst, der soll meine Zustimmung haben; solltest du aber unglücklich werden, dann bedenke, daß du nicht das Recht hast, deinem Vater Vorwürfe zu machen. Ich werde mich nicht weigern, Schritte für dich zu tun und dir zu helfen; nur muß deine Wahl ernsthaft und endgültig sein: ich werde nicht zum zweitenmal die Achtung, die man meinen weißen Haaren schuldig ist, aufs Spiel setzen.«

Der Ausdruck warmer Zuneigung, der sich in der Ansprache ihres Vaters äußerte und ihr feierlicher Ton gingen Fräulein von Fontaine ans Herz; aber sie ließ ihre Rührung nicht gewahr werden, setzte sich dem Grafen, der sich, noch zitternd, wieder niedergelassen hatte, auf die Knie, überhäufte ihn mit Zärtlichkeiten und schmeichelte ihm so reizend, daß sich die Stirn des alten Herrn entwölkte. Als Emilie annahm, daß die peinliche Erregung ihres Vaters sich wieder beruhigt hatte, sagte sie leise zu ihm:

»Ich danke Ihnen herzlich, lieber Vater, für Ihre liebenswürdige Aufmerksamkeit. Sie haben Ihr Zimmer aufgeräumt, weil Sie Ihre Tochter empfangen wollten. Sie haben nicht gedacht, daß sie so töricht und so widerspenstig sein würde. Aber ist es denn, lieber Vater, so sehr schwierig, einen Pair von Frankreich zu heiraten? Sie haben doch selbst behauptet, daß solche zu Dutzenden ernannt würden. Ach, Ihren Rat werden Sie mir doch nicht vorenthalten.«

»Nein, mein armes Kind, nein, und ich werde dir mehr als einmal zurufen: Hüte dich! Bedenke doch, daß die Pairie ein noch zu neues Hilfsmittel für unsere Regierungsfähigkeit ist, wie der hochselige König zu sagen pflegte, als daß die Pairs schon ein großes Vermögen besitzen könnten. Und die, die reich sind, wollen noch reicher werden. Der reichste unter allen unsern Pairs hat noch nicht die Hälfte des Einkommens, das der ärmste Lord des englischen Oberhauses besitzt. Deshalb werden alle Pairs von Frankreich nach reichen Erbinnen für ihre Söhne suchen, gleichgültig, wo sie zu finden sind. Diese Notwendigkeit, reiche Heiraten zu machen, wird mehr als zweihundert Jahre andauern. Es ist möglich, daß, wenn du auf den glücklichen Zufall, mit dem du rechnest, wartest, was dich aber deine besten Jahre kosten kann, deine Reize (man heiratet in unserm Jahrhundert ja hauptsächlich aus Liebe!), deine Reize ein Wunder zustande bringen können. Wenn sich hinter einem so frischen Gesicht wie dem deinigen auch noch Weltkenntnis verbirgt, kann man ja auf ein Wunder hoffen. Besitzest du nicht zunächst schon die Fähigkeit, an dem größeren oder geringeren Körperumfang die inneren Vorzüge zu erkennen? Das ist kein geringes Talent. Ich brauche daher einer so klugen Person wie dir nicht alle Schwierigkeit eines solchen Versuches vorzuhalten. Ich bin überzeugt, daß du niemals bei einem Unbekannten Klugheit vermuten wirst, weil er ein hübsches Gesicht, oder moralische Vorzüge, weil er eine gute Haltung hat. Und schließlich bin ich ganz deiner Meinung, daß die Söhne von Pairs die Verpflichtung haben, ein eigenes Wesen und sich besonders auszeichnende Manieren zu besitzen. Obgleich man heutzutage niemandem seinen hohen Rang anmerken kann, werden diese jungen Männer für dich vielleicht ein gewisses Etwas haben, woran du sie erkennst. Übrigens hältst du ja dein Herz am Zügel wie ein guter Reiter, der sicher ist, daß sein Pferd nicht stolpern wird. Also viel Glück, meine liebe Tochter!«

»Sie machen sich über mich lustig, lieber Vater. Aber ich erkläre Ihnen, daß ich mich lieber im Kloster des Fräuleins von Condé begraben will, als daß ich darauf verzichte, die Frau eines Pairs von Frankreich zu werden.«

Sie entzog sich den Armen ihres Vaters, und stolz darauf, daß sie Siegerin geblieben war, sang sie beim Fortgehen die Arie »Cara non dubitare« aus der »Heimlichen Ehe«. Zufällig feierte die Familie an diesem Tage den Geburtstag eines Mitgliedes. Beim Nachtisch sprach Frau Planat, die Frau des Generaleinnehmers, die ältere Schwester Emilies, ziemlich laut von einem jungen Amerikaner, dem Besitzer eines ungeheuren Vermögens, der sich leidenschaftlich in ihre Schwester verliebt und ihr ganz besonders glänzende Anerbietungen gemacht hatte.

»Ich glaube, das ist ein Bankier«, warf Emilie hin. »Ich liebe die Finanzleute nicht.«

»Aber Emilie,« sagte der Baron von Villaine, der Mann ihrer zweiten Schwester, »da du den Richterstand ebensowenig liebst, so sehe ich nicht, wenn reiche Leute, die nicht von Adel sind, nicht in Betracht kommen, aus welchen Kreisen du dir einen Mann wählen willst.« »Zumal, Emilie, bei deinem Bestehen auf Schlankheit«, fügte der Generalleutnant hinzu.

»Ich weiß selber, was ich will«, erwiderte das junge Mädchen.

»Meine Schwester verlangt einen schönen Namen, einen schönen jungen Mann, schöne Zukunftsaussichten«, sagte die Baronin von Fontaine, »und hunderttausend Franken Rente, kurz einen Mann, wie zum Beispiel Herrn von Marsay.«

»Ich weiß nur so viel, meine Liebe,« versetzte Emilie, »daß ich keine so törichte Partie machen werde, wie ich solche so viele habe machen sehen. Und im übrigen erkläre ich, um diesen Heiratsdiskussionen ein Ende zu machen, daß ich jeden, der mir noch vom Heiraten redet, als Störer meiner Ruhe ansehen werde.«

Ein Onkel Emilies, ein Vizeadmiral, dessen Vermögen sich kürzlich infolge des Indemnitätsgesetzes um zwanzigtausend Franken Rente vergrößert hatte, ein siebzigjähriger Greis, der sich herausnehmen durfte, seiner Großnichte, in die er vernarrt war, deutlich die Wahrheit zu sagen, erklärte, um der Diskussion ihre Schärfe zu nehmen: »Laßt doch meine arme Emilie in Ruhe! Seht ihr denn nicht, daß sie wartet, bis der Herzog von Bordeaux majorenn ist?«

»Nehmen Sie sich in acht, daß ich Sie nicht heirate, Sie alter Narr!« entgegnete das junge Mädchen, dessen letzte Worte glücklicherweise im allgemeinen Gelächter verlorengingen.

»Kinder,« sagte Frau von Fontaine, um diese unbescheidene Bemerkung zu beschönigen, »Emilie wird ebensowenig, wie ihr alle, sich von ihrer Mutter beraten lassen.«

»Nein, wahrhaftig, in einer Sache, die nur mich angeht, werde ich auch nur auf mich hören«, sagte Fräulein von Fontaine sehr bestimmt.

Alle Blicke richteten sich jetzt auf das Haupt der Familie. Jeder schien begierig zu sein, zu sehen, wie er sich unter Wahrung seiner Würde dazu stellen würde. Der verehrungswürdige Vendéer genoß nicht bloß in der Gesellschaft großes Ansehen; glücklicher als viele andere Väter, wurde er auch von seiner Familie verehrt, deren sämtliche Mitglieder seine bewährte Fähigkeit, für die Seinigen zu sorgen, anerkannten; ihm wurde daher die respektvolle Achtung entgegengebracht, die englische Familien und einige aristokratische Häuser des Kontinents dem Repräsentanten ihres Stammbaums zu bezeugen pflegen. Es entstand ein tiefes Schweigen, und die Augen der Tischgenossen waren abwechselnd auf das schmollende, hochmütige Gesicht des verwöhnten Kindes und auf Herrn und Frau von Fontaines ernste Mienen gerichtet.

»Ich habe es meiner Tochter Emilie überlassen, über ihr Schicksal selber zu entscheiden«, war die Antwort, die der Graf in trübem Tone fallen ließ.

Die Verwandten und die Gäste betrachteten Fräulein von Fontaine mit einem Gemisch von Neugier und Mitleid. Dieses Wort schien anzukündigen, daß die väterliche Güte müde geworden war, gegen einen Charakter anzukämpfen, den die Familie als unverbesserlich kannte. Die Schwiegersöhne sprachen leise miteinander, und die Brüder warfen ihren Frauen ein spöttisches Lächeln zu. Ihr alter Onkel war der einzige, der, als alter Seemann, es wagte, mit ihr eine Breitseite zu wechseln und ihre Launen zu ertragen, ohne daß er jemals darum verlegen war, ihr Feuer zu erwidern.

Als es nach der Verabschiedung des Etats durch die Kammer Frühling geworden war, flüchtete die Familie, ein echtes Abbild der parlamentarischen Familien von jenseits des Kanals, die in allen Verwaltungszweigen drin stehen und zehn Parlamentssitze zu vergeben haben, wie eine Vogelhecke in die schönen Gegenden von Aulnay, Antony und Chatenay. Der reiche Generaleinnehmer hatte kürzlich hier ein Landhaus für seine Frau gekauft, die sich nur während der Kammersessionen in Paris aufhielt. Obgleich die schöne Emilie das Bürgerpack verachtete, ging diese Empfindung doch nicht so weit, daß sie die Annehmlichkeiten eines von Bourgeois zusammengebrachten Vermögens verschmähte; sie begleitete also ihre Schwester in die kostbare Villa, weniger aus Freundschaft für ihre Familienangehörigen, die sich dorthin zurückzogen, als weil der gute Ton, von jeder Frau, die etwas auf sich hält, gebieterisch verlangt, daß sie Paris während des Sommers meidet. Die grünen Felder von Sceaux erfüllten vortrefflich die Bedingungen, die der gute Ton und die Verpflichtungen gegenüber der Öffentlichkeit verlangten.

Da es ziemlich zweifelhaft erscheint, ob der Ruf des ländlichen Balles von Sceaux jemals über die Grenzen des Seinedepartements hinaus bekannt geworden ist, müssen notwendigerweise einige Einzelheiten über dieses allwöchentliche Fest gegeben werden, das infolge seiner Bedeutung eine öffentliche Einrichtung zu werden schien. Die Umgebung der kleinen Stadt Sceaux genießt einen guten Ruf infolge ihrer Lage, die als reizend gilt. Sie mag vielleicht ziemlich gewöhnlich sein und ihre Berühmtheit nur der Anspruchslosigkeit der Pariser Bourgeois verdanken, die, wenn sie aus der Tiefe ihrer Steinkasten, in denen sie begraben sind, herauskommen, sogar imstande wären, die kahlen Ebenen der Beauce zu bewundern. Immerhin, da sich in dem poetischen schattigen Walde von Aulnay, auf den Hügeln von Antony und in dem Tal von Bievre auch etliche Künstler, die die Welt gesehen hatten, Fremde, die sehr wählerisch waren, und eine Anzahl hübscher Damen, die einen guten Geschmack besaßen, aufhielten, so kann man wohl annehmen, daß die Pariser recht hatten. Aber Sceaux besitzt noch eine andere, nicht weniger mächtige Anziehungskraft auf den Pariser. Inmitten eines Gartens mit entzückenden Ausblicken befindet sich eine riesige, nach allen Seiten offene Rotunde, mit einem ungeheuren leichten

Dach, das von zierlichen Pfeilern getragen wird. Dieser ländliche Baldachin beschirmt einen Tanzsaal. Selten nur versäumen es selbst die zurückhaltendsten Gutsbesitzer aus der Nachbarschaft, ein- oder zweimal während der Saison nach diesem Palaste der dörflichen Terpsichore zu pilgern, entweder in glänzender Kavalkade zu Pferde oder in leichten, eleganten Wagen, die die zu Fuß wandernden Philosophen in Staubwolken einhüllen. Die Hoffnung, hier Damen der vornehmen Gesellschaft zu begegnen und von ihnen gesehen zu werden, die seltener getäuschte Erwartung, hier junge Bäuerinnen zu sehen, die ebenso schlau sind wie Advokaten, läßt am Sonntag zu dem Ball von Sceaux Schwärme von Advokatenschreibern, Äskulapschülern und junge Leute, denen die feuchte Luft der Pariser Hinterläden ihre blasse Gesichtsfarbe und krankhafte Frische erhalten hat, herbeiströmen. Auch eine ganze Anzahl von Ehebündnissen der Bürgerkreise haben ihre erste Anknüpfung bei der Musik des Orchesters, das im Mittelpunkte dieses kreisrunden Saals untergebracht ist, erfahren. Wenn das Dach reden könnte, wie viele Liebesgeschichten hätte es zu erzählen? Diese interessante Mischung machte daher den Ball von Sceaux anziehender als einige andere Tanzlokale in der Umgebung von Paris, vor denen er auch noch durch seine Rotunde, seine schöne Lage und seinen hübschen Garten unbestreitbare Vorzüge besaß. Emilie ließ als die erste den Wunsch laut werden, sich auf diesem Bezirksball »unter das Volk zu mischen«, da sie sich ein außerordentliches Vergnügen davon versprach, sich inmitten dieser Gesellschaft zu bewegen. Man war erstaunt über ihren Wunsch, sich in ein solches Gewühl zu wagen; aber hat das Inkognito für die Großen nicht eine sehr starke Anziehungskraft? Fräulein von Fontaine bereitete es ein Vergnügen, sich diese festlich gekleideten Bürgersleute vorzustellen, sie vergegenwärtigte sich, wie die Erinnerung an einen Blick oder ein bezauberndes Lächeln von ihr in mehr als einem Bürgerherzen haften würde, sie lachte schon im voraus über die Prätentionen der Tänzerinnen und spitzte bereits ihren Bleistift für die Szenen, mit denen sie die Seiten ihres Karikaturenalbums zu füllen gedachte. Daher konnte der Sonntag nicht früh genug für ihre Ungeduld herankommen. Die Gesellschaft der Villa Planat machte sich zu Fuß auf den Weg, um den Rang der Persönlichkeiten, die den Ball mit ihrer Gegenwart beehren wollten, nicht zu verraten. Man hatte zeitig gespeist. Der Maimonat begünstigte diese aristokratische Laune mit seinem herrlichsten Abende. Fräulein von Fontaine war höchst erstaunt, in der Rotunde mehrere Quadrillen von Leuten tanzen zu sehen, die zur guten Gesellschaft zu gehören schienen. Sie bemerkte wohl hier und da einige junge Leute, die ihre Monatsersparnisse daran gewendet hatten, an einem Tage glanzvoll aufzutreten, und unterschied mehrere Pärchen, deren zu ausgelassene Lustigkeit nicht auf ein eheliches Verhältnis schließen ließen; aber statt der erwarteten Ernte blieb ihr nur die Nachlese. Sie war erstaunt, zu sehen, daß das Vergnügen im Perkalkleide dem in Seide so durchaus ähnlich war, und daß die Bourgeoisie mit ebensoviel Grazie, und zuweilen noch mit mehr, zu tanzen verstand, wie der Adel. Die meisten Toiletten waren einfach aber geschmackvoll. Diejenigen, die in dieser Zusammenkunft die Lehnsherren des Territoriums repräsentierten, nämlich die Bauern, verhielten sich, was sie nie geglaubt hätte, taktvoll still in ihrem Winkel. Fräulein Emilie mußte erst eine gewisse Prüfung der verschiedenen Elemente, aus denen sich diese Gesellschaft zusammensetzte, vornehmen, ehe sie einen Anlaß zum Bespötteln fand. Aber es blieb ihr weder die Zeit für ihre boshaften kritischen Bemerkungen, noch die Möglichkeit, eine von den auffallenden Äußerungen, die die Karikaturisten so gern sammeln, zu erhorchen. Das stolze Geschöpf traf auf diesem weiten Gefilde plötzlich, um eine der Jahreszeit entsprechende Metapher zu gebrauchen, auf eine Blume, deren Glanz und Farben auf sie mit allem Zauber des Neuen wirkten. Es begegnet uns häufig, daß wir ein Kleid, eine Tapete, ein Stück weißes Papier allzu zerstreut betrachten, um sofort einen Fleck oder eine hervorleuchtende Stelle wahrzunehmen, die uns später plötzlich so ins Auge fallen, als ob sie erst in dem Augenblick, da wir sie sehen, entstanden seien; vermöge eines inneren, diesem ähnlichen, Vorgangs sah Fräulein von Fontaine plötzlich in einem jungen Mann den Inbegriff der äußeren Vorzüge, die sie seit so langer Zeit sich erträumt hatte, leibhaft vor sich.

Sie hatte sich auf einem der plumpen Stühle, die den Saal umgaben, niedergelassen, und zwar auf dem äußersten Platz der Gruppe, die ihre Familie bildete, um aufstehen oder nach ihrem Belieben herumgehen und die lebenden Bilder und Gruppen, die sich hier wie bei einer Museumsausstellung darboten, betrachtenzukönnen; ungeniert musterte sie mit ihrer Lorgnette eine Person, die sich zwei

Schritte vor ihr befand, und prüfte sie, wie man einen gemieteten Studienkopf oder eine Genreszene kritisiert. Nachdem ihr Blick über das gesamte große lebende Bild des Saales hingegangen war, blieb er plötzlich auf dem Gesicht haften, das wie absichtlich an einer Stelle des Gemäldes in der schönsten Beleuchtung angebracht zu sein und mit der ganzen Persönlichkeit außer jedem Verhältnis zu dem übrigen Rest zu stehen schien. Der einsam und träumerisch dastehende Unbekannte hatte sich leicht an eine der Säulen, die das Dach trugen, gelehnt und hielt sich mit gekreuzten Armen und geneigtem Haupte in einer Stellung, als ob er sich von einem Maler porträtieren lassen wollte. Obgleich voller Stolz und Anmut, hatte seine Haltung doch nichts Affektiertes. Keine Geste verriet, daß er seinem Gesicht die Dreivertelansicht, und seinem Kopfe die leichte Neigung nach rechts, wie Alexander, Lord Byron und einige andere große Männer, nur gegeben hatte, um die Aufmerksamkeit auf sich zu ziehen. Sein Blick folgte unverrückt den Bewegungen einer Tänzerin und verriet tiefe Anteilnahme an ihr. Seine schlanke, schön entwickelte Figur erinnerte an die edlen Verhältnisse eines Apollokörpers. Schönes schwarzes Haar lockte sich natürlich über seiner hohen Stirn. Mit einem einzigen Blick bemerkte Fräulein von Fontaine seine feine Wäsche, seine neuen ziegenledernen Handschuhe, die bei einem guten Handschuhmacher gekauft waren, und seine zierlichen Füße mit gut sitzenden Stiefeln aus irländischem Leder. Er hatte sich nicht mit den geschmacklosen Berlocken behängt, die die früheren Zierbengel der Nationalgarde und die Lovelaces der Kontore an sich zu tragen pflegen. Nur ein schwarzes Band, an dem sein Augenglas befestigt war, hing über die Weste von untadeligem Schnitt herab. Niemals hatte die schwer zu befriedigende Emilie bei einem Manne Augen mit so langen und so geschwungenen Wimpern gesehen. Melancholie und Leidenschaft sprachen aus diesem männlichen, olivfarbenen Antlitz. Der Mund schien immer zum Lächeln und zum Öffnen der beredten Lippen bereit zu sein; aber so, daß sich darin nicht Frohsinn, sondern eine gewisse liebevolle Trauer ausdrückte. Der Charakter dieses Kopfes war zu bedeutend und zu eigenartig, als daß man hätte sagen mögen: Das ist ein schöner oder ein hübscher Mann! Nein, er erregte auch den Wunsch, ihn näher kennenzulernen. Auch der scharfsichtigste Beobachter hätte gestehen müssen, daß er ihn für einen Mann von hervorragender

Begabung halte, den irgendein besonderes Interesse zu diesem dörflichen Fest hergeführt habe.

Diese Fülle von Beobachtungen machte Emilie in einem einzigen aufmerksamen Moment, in dem dieser bevorzugte Mann nach strenger Prüfung der Gegenstand heimlicher Bewunderung wurde. Jetzt sagte sie nicht: es muß ein Pair von Frankreich sein! Sondern nur: Oh, wenn er von Adel wäre, und das muß er sein ... Ohne ihren Gedanken zu Ende zudenken, erhob sie sich und näherte sich, gefolgt von ihrem Bruder, dem Generalleutnant, der Säule, während sie scheinbar die lustigen Quadrillen betrachtete; aber vermöge eines optischen Kunstgriffs, der den Frauen geläufig ist, verlor sie keine einzige Bewegung des jungen Mannes, dem sie sich näherte, aus den Augen. Der Unbekannte machte den beiden Herankommenden höflich Platz und lehnte sich an eine andere Säule. Emilie, die von der Höflichkeit des Fremden ebenso betroffen war, wie sie es von einer Unhöflichkeit gewesen wäre, begann nun eine Unterhaltung mit ihrem Bruder, wobei sie lauter sprach, als es der gute Ton gestattete; sie nahm verschiedene Kopfhaltungen an, bewegte sich lebhaft und lachte ohne Anlaß, weniger um ihren Bruder zu unterhalten, als um die Aufmerksamkeit des teilnahmlosen Unbekannten auf sich zu ziehen. Aber keiner dieser Kunstgriffe wollte verfangen. Fräulein von Fontaine folgte jetzt der Richtung der Blicke des jungen Mannes und erkannte nun, weshalb er sich nicht um sie kümmerte.

In der Quadrille vor ihr tanzte eine junge blasse Person, die an die schottischen Göttinnen erinnerte, welche Girodet auf seinem Riesengemälde »Französische Krieger von Ossian empfangen« dargestellt hat. Emilie glaubte in ihr eine berühmte Lady zu erkennen, die seit einiger Zeit ein benachbartes Landgut bewohnte. Ihr Kavalier war ein junger Mann von fünfzehn Jahren mit roten Händen, Nankinghosen, einem blauen Rock und weißen Schuhen, der bewies, daß ihre Tanzleidenschaft sie nicht wählerisch in bezug auf ihren Partner machte. Ihren Bewegungen merkte man ihre anscheinende Schwäche nicht an; nur eine leichte Röte verbreitete sich über ihre blassen Wangen, und ihr Teint fing an sich zu beleben. Fräulein von Fontaine näherte sich der Quadrille, um die Fremde, wenn sie auf ihren Platz zurückging, während die Visavis die gleiche Figur ausführten, besser beobachten zu können. Aber der Unbekannte trat jetzt vor, beugte sich zu der hübschen Tänzerin herab, und die neugierige Emilie konnte deutlich die in befehlendem, aber sanftem Tone gesprochenen Worte verstehen:

»Klara, mein Kind, tanze nicht mehr.«

Klara machte ein etwas ärgerliches Gesicht, nickte aber gehorsam mit dem Kopfe und lächelte schließlich. Nach dem Tanze legte der junge Mann mit aller Vorsorglichkeit eines Liebenden einen Kaschmirschal um die Schultern des jungen Mädchens und wies ihr einen Sitz an, wo sie vor dem Winde geschützt war. Bald darauf folgte Fräulein von Fontaine, die sie aufstehen und außen um den Saal herumgehen sah, wie Leute, die aufbrechen wollen, ihnen unter dem Vorwande, daß sie die Aussichtspunkte des Gartens aufsuchen wolle. Ihr Bruder fügte sich mit spöttischer Gutmütigkeit dieser Laune, draußen so umherzuschweifen. Emilie sah nun, wie das Paar einen eleganten Tilbury bestieg, bei dem sich ein Kutscher in Livree befand: erst in dem Moment, da der junge Mann oben auf dem Kutschersitze die Zügel ordnete, traf sie ein Blick von ihm, der nicht anders war, als wie man mit einem solchen achtlos eine Menschenmenge streift; nachher hatte sie noch die schwache Genugtuung, daß sie ihn zweimal nacheinander den Kopf umwenden sah, und die junge Unbekannte tat desgleichen. War das Eifersucht?

»Ich denke, du hast den Garten nun genügend bewundert,« sagte ihr Bruder, »und wir können den Tanzsaal wieder aufsuchen.«

»Gern«, erwiderte sie. »Glaubst du, daß das eine Verwandte von Lady Dudley war?«

»Lady Dudley kann einen Verwandten bei sich zu Besuch haben,« antwortete der Baron von Fontaine, »aber eine Verwandte, nein.«

Am nächsten Morgen gab Fräulein von Fontaine dem Wunsche Ausdruck, einen Ausritt zu machen. Unmerklich gewöhnte sie ihren alten Onkel und ihre Brüder daran, sie auf solchen Morgenritten zu begleiten, die, wie sie behauptete, ihrer Gesundheit sehr zuträglich waren. Eigenartigerweise bevorzugte sie hierbei die Umgebungen des Dorfes, wo Lady Dudley wohnte. Trotz ihres Umherstreifens zu Pferde sah sie den Fremden nicht so schnell wieder, wie die hoffnungsfreudige Suche nach ihm sie erwarten ließ. Wiederholt besuchte sie den Ball von Sceaux wieder, ohne dort den jungen Engländer zu finden, der wie vom Himmel herabgefallen war, um ihre Träume zu beschäftigen und zu verschönern. Obgleich nichts die entstehende Liebe eines jungen Mädchens so anstachelt wie ein Hindernis, so kam doch für Fräulein Emilie von Fontaine ein Moment, da sie im Begriffe war, diese merkwürdige heimliche Verfolgung aufzugeben, weil sie an dem Erfolge eines Unternehmens verzweifelte, dessen Eigenartigkeit einen Begriff von der Kühnheit ihres Charakters geben kann. Sie hätte in der Tat auch noch lange um das Dorf Ghatenay herumirren können, ohne ihren Unbekannten wiederzusehen. Die junge Klara – mit diesem Namen hatte Fräulein von Fontaine sie ja nennen hören –war keine Engländerin, und der für einen Fremden Gehaltene wohnte nicht in den blühenden, duftenden Anlagen von Chatenay.

Eines Abends, als Emilie mit ihrem Onkel ausgeritten war, dem seit Beginn der schönen Tage seine Gicht ziemlich lange Ruhe gelassen hatte, begegnete sie der Lady Dudley. Neben der berühmten Fremden saß in der Kalesche Herr von Vandenesse. Emilie erkannte das hübsche Paar, und ihr Verdacht war sofort verschwunden, wie Träume schwinden. Ärgerlich wie eine vergeblich wartende Frau, riß sie so scharf an den Zügeln, daß ihr Onkel die größte Mühe hatte, ihr zu folgen, so hatte sie ihr Pony los jagen lassen.

»Ich bin anscheinend zu alt geworden, um diese zwanzigjährigen Geister zu verstehen,« sagte sich der Seemann und setzte sein Pferd in Galopp, »oder vielleicht ist die heutige Jugend der ehemaligen nicht mehr ähnlich. Aber was hat denn meine Nichte? Jetzt läßt sie auf einmal ihr Pferd so langsam gehen, wie ein Gendarm in Paris auf der Straße patrouilliert. Man möchte beinahe sagen, daß sie den braven Bourgeois dort stellen will, der aussieht wie ein träumender Poet, denn er hat, wie mir scheint, ein Album in der Hand. Aber wie dumm bin ich! Sollte das nicht der junge Mann sein, nach dem wir auf der Suche sind?«

Bei diesem Gedanken mäßigte der alte Seemann den Gang seines Pferdes, um sich seiner Nichte ohne Geräusch nähern zu können. Der Vizeadmiral hatte selber zu viele Streiche im Jahre 1771 und den folgenden, in der Epoche, da die galanten Abenteuer beliebt waren, gemacht, um nicht sofort zu vermuten, daß Emilie rein durch Zufall den Unbekannten vom Ball von Sceaux wiedergetroffen hatte. Ungeachtet des Schleiers, den das Alter über seine grauen Augen gebreitet hatte, konnte der Graf von Kergarouet bei seiner Nichte die Zeichen ungewöhnlicher Erregung erkennen, trotz der Unbeweglichkeit, zu der sie ihr Gesicht zu zwingen versuchte. Der durchdringende Blick des jungen Mädchens war mit einer Art starren Staunens auf den Fremden gerichtet, der ruhig vor ihr herging.

»So ist es!« sagte sich der Seemann, »sie wird ihn verfolgen, wie ein Handelsschiff einen Korsaren verfolgt. Und wenn sie gesehen haben wird, daß er sich entfernt, dann wird sie in Verzweiflung sein, daß sie nicht weiß, ob er sie liebt und ob es ein Marquis oder ein Bürgerlicher ist. Die jungen Menschen müßten immer eine alte Perücke wie mich bei sich haben ...«

Er trieb sein Pferd aufs Geratewohl vorwärts, so daß das seiner Nichte weiterging und schob es so schnell zwischen sie und den jungen Spaziergänger, daß er ihn zwang, schnell auf den grünen Rasenstreifen zu treten, der den Weg einsäumte. Während er sein Pferd jetzt anhielt, rief der Graf ihm zu: »Können Sie denn nicht ausweichen?«

»Oh, Verzeihung, mein Herr«, antwortete der Unbekannte. »Ich wüßte nicht, daß ich mich bei Ihnen zu entschuldigen hätte, da Sie mich beinahe überritten haben.«

»Ach, Freundchen, keine Reden weiter«, erwiderte der Seemann scharf und in einem Tone, dessen höhnischer Klang etwas Beleidigendes hatte.

Gleichzeitig erhob der Graf seine Reitpeitsche, als ob er seinem Pferde einen Hieb versetzen wollte und streifte dabei die Schulter seines Gegners, während er sagte: »Die liberalen Bourgeois sind Kannegießer, und jeder Kannegießer sollte vorsichtig sein.«

Der junge Mann stieg bei dieser höhnischen Bemerkung die Straßenböschung hinauf, stellte sich hier mit gekreuzten Armen hin und erwiderte in sehr erregtem Tone:

»Mein Herr, wenn ich Ihr weißes Haar sehe, kann ich eigentlich nicht annehmen, daß es Ihnen noch Spaß macht, ein Duell zu provozieren.«

»Weißes Haar?« schrie der Seemann, ihn unterbrechend, »das lügst du in deinen Hals hinein, grau sind sie erst.« Der so begonnene Disput wurde nach wenigen Sekunden so heiß, daß der junge Gegner den gemäßigten Ton, den er bis dahin festzuhalten sich bemüht hatte, fallen ließ. Sobald der Graf von Kergarouet seine Nichte mit allen Anzeichen lebhafter Unruhe sich ihnen nähern sah, nannte er seinem Widersacher seinen Namen und ersuchte ihn, vor der jungen Dame, die seiner Hut anvertraut war, Schweigen zu bewahren. Der Unbekannte konnte ein Lächeln nicht unterdrücken, überreichte dem alten Seemann eine Karte, indem er ihn darauf aufmerksam machte, daß er ein Landhaus in Chevreuse bewohnte, und entfernte sich dann schnell, nachdem er es ihm näher bezeichnet hatte.

»Beinahe hättest du diesen armen Zivilisten verletzt, meine liebe Nichte«, sagte der Graf, der sich beeilt hatte, Emilie entgegenzureiten. »Du hast dein Pferd nicht fest im Zügel. Du läßt mich da meine Würde aufs Spiel setzen, damit ich deine Torheiten decke; wärst du bei mir geblieben, so hätte ein einziger Blick oder ein freundliches Wort von dir, wie du sie so nett zu sagen weißt, wenn du nicht rücksichtslos sein willst, alles in Ordnung gebracht, während er so einen Armbruch hätte davontragen können.«

»Aber, lieber Onkel, es war doch Ihr Pferd und nicht meins, das die Schuld trägt. Ich glaube wahrhaftig, Sie können nicht mehr reiten; Sie sind nicht mehr der gute Reiter, der Sie noch im letzten Jahre waren. Aber an Stelle dieses leeren Geredes ...«

»Teufel nochmal! Das nennst du leeres Gerede, wenn du deinem Onkel Grobheiten sagst?« »Müssen wir uns nicht erkundigen, ob der junge Mann nicht verletzt ist? Sehen Sie doch, Onkel, er hinkt ja.«

»Ach nein, er rennt. Ich habe ihm ordentlich den Kopf zurechtgesetzt.«

»Ah so, Onkel, daran erkenne ich Sie.«

»Halt, meine liebe Nichte«, sagte der Graf und hielt Emilies Pferd am Zügel fest. »Ich sehe keine Notwendigkeit, wegen irgendeines beliebigen Ladenschwengels Umstände zu machen, der überglücklich sein müßte, wenn er von einem reizenden jungen Mädchen oder dem Kommandanten der ›Belle-Poule‹ niedergeritten worden wäre.«

»Weshalb meinen Sie denn, daß er ein Plebejer ist, lieber Onkel? Mir scheint, daß er sehr gute Manieren hat.«

»Alle Welt hat heute gute Manieren, mein Kind.«

»Nein, lieber Onkel, alle Welt hat nicht das Auftreten und die Haltung, die nur der ständige Verkehr mit der guten Gesellschaft verleiht; ich bin gern bereit, mit Ihnen zu wetten, daß der junge Mann zum Adel gehört.«

»Du hast nicht gerade viel Zeit gehabt, um ihn genau anzusehen.«

»Ich sehe ihn ja nicht zum ersten Male.«

»Und es ist auch nicht das erstemal, daß du auf der Suche nach ihm bist«, erwiderte der Admiral lachend.

Emilie wurde rot, und ihr Onkel weidete sich daran, sie eine Zeitlang in ihrer Verlegenheit zu lassen; dann sagte er: »Emilie, du weißt, daß ich dich wie mein eigenes Kind liebe, und zwar gerade deshalb, weil du die einzige in der Familie bist, die den Ahnenstolz besitzt, den eine vornehme Geburt verleiht. Wer, beim Teufel, hätte ahnen können, daß solche wichtigen Grundsätze heute so selten geworden sein würden? Also, ich will dein Vertrauter sein. Ich sehe wohl, Kleine, daß dieser junge Gentleman dir nicht gleichgültig ist. Still! Die Familie würde uns auslachen, wenn wir unter falscher Flagge segelten. Du weißt, was das bedeutet. Also laß mich dir helfen, Kind. Halten wir die Sache geheim, und ich verspreche dir, daß ich ihn in unser Haus bringen werde.«

»Und wann, lieber Onkel?«

»Morgen.«

»Aber, lieber Onkel, das verpflichtet mich doch noch zu nichts?«

»Absolut zu nichts, und du kannst ihn beschießen, ihn in Brand stecken und ihn dann wie eine gebrauchte alte Tasse stehenlassen, wenn es dir beliebt. Er wird dann nicht der erste Solche sein, nicht wahr?«

»Du bist so gut, lieber Onkel!«

Sobald der Graf heimgekehrt war, setzte er seine Brille auf die Nase, zog heimlich die Karte aus der Tasche und las: »Maximilian Longueville, Rue de Sentier.«

»Sei beruhigt, meine Liebe,« sagte er zu Emilie, »du kannst mit aller Gewissensruhe nach ihm angeln, er gehört einer unserer historischen Familien an; und wenn er noch nicht Pair von Frankreich ist, so wird er es unfehlbar werden.«

»Und woher wissen Sie das?«

»Das ist mein Geheimnis.«

»Kennen Sie denn seinen Namen?«

Der Graf nickte mit seinem grauen Haupte, das einem alten Eichenstamm glich, um den einige Blätter, die die Herbstkälte zusammentrocknen ließ, sich rankten; auf dieses Zeichen hin begann seine Nichte, ihn die immer wieder neue Macht ihrer Koketterien fühlen zu lassen. Sie verstand die Kunst, den alten Seemann zu umschmeicheln, und überhäufte ihn mit den kindlichsten Zärtlichkeiten und den süßesten Worten; sie ging selbst soweit, ihn zu umarmen, um das ihr so wichtige Geheimnis zu erfahren. Der Alte, der seine Zeit damit verbrachte, sich von seiner Nichte solche Szenen vorspielen zu lassen, und sie oft mit einem Schmuck oder der Überlassung seiner Loge im Théâtre des Italiens bezahlte, gefiel sich diesmal darin, sich bitten und vor allem, sich liebkosen zu lassen. Da er aber sein Vergnügen zu lange ausdehnen wollte, so wurde Emilie böse, ging von Zärtlichkeiten zu boshaften Bemerkungen über, schmollte und näherte sich ihm dann doch wieder, von ihrer Neugier getrieben. Der schlaue Seemann ließ sich von ihr das feierliche Versprechen geben, in Zukunft zurückhaltender, sanfter, weniger eigensinnig und sparsamer zu sein, vor allem aber, daß sie ihm alles sagen würde. Dieser Vertrag wurde geschlossen und mit einem Kusse besiegelt, den er auf Emiliens weiße Stirn drückte; dann nahm er sie in einen Winkel des Zimmers mit sich, setzte sie auf seine Knie, nahm die Karte zwischen zwei Finger, um sie zu verdecken, enthüllte Buchstabe für Buchstabe den Namen Longueville und weigerte sich hartnäckig, sie mehr sehen zu lassen. Dieser Vorgang erhöhte noch Fräulein von Fontaines heimliches Sehnen, die einen großen Teil der Nacht in den herrlichsten Traumbildern, wie sie ihrer Einbildungskraft vorgeschwebt hatten, schwelgte.

Dank diesem Vorfall, den sie so oft herbeigesehnt hatte, konnte Emilie jetzt etwas ganz anderes als eine Chimäre als Quelle all der vorgestellten Reichtümer ansehen, mit denen sie ihr künftiges Eheleben ausgeschmückt hatte. Wie alle jungen Personen, die die Gefahren der Liebe und Ehe nicht kennen, schwärmte sie für die trügerischen Äußerlichkeiten der Ehe und der Liebe. Und so keimte in ihr ein Gefühl auf, wie fast alle solche launenhaften Gefühle im jugendlichen Alter entstehen, diese süßen und doch so bitteren Irrtümer, die einen so unheilvollen Einfluß auf die Existenz junger Mädchen ausüben, die so unerfahren sind, daß sie die Sorge für ihr zukünftiges Glück allein auf sich nehmen. Am andern Morgen, während Emilie noch schlief, begab sich ihr Onkel eiligst nach Chevreuse. Hier fand er auf dem Hofe einer eleganten Villa den jungen Mann vor, den er am Abend vorher so rücksichtslos beleidigt hatte; mit der liebenswürdigen Höflichkeit der alten Herren am früheren Hofe ging er auf ihn zu.

»Mein verehrter Herr, wer hätte gedacht, daß ich im Alter von dreiundsiebzig Jahren noch in eine Affäre mit dem Sohne oder dem Enkel eines meiner besten Freunde verwickelt werden könnte! Ich bin Vizeadmiral, mein Herr. Das darf wohl heißen, daß mich ein Duell so wenig bekümmert wie das Rauchen einer Zigarre. Zu meiner Zeit konnten zwei junge Leute erst intime Freunde werden, nachdem sie die Farbe ihres Blutes gesehen hatten. Aber gestern, beim heiligen Kreuz, hatte ich etwas zu viel Rum geladen und bin an Ihnen gekentert. Merken Sie sich: ich würde mich lieber hundert Zurechtweisungen von seiten eines Longueville aussetzen, als seiner Familie den geringsten Kummer bereiten.«

Wie kühl sich auch der junge Mann gegen den Grafen Kergarouet zu benehmen suchte, lange konnte er doch nicht der freimütigen Herzlichkeit seines Gegners widerstehen und ließ sich von ihm die Hand drücken.

»Sie wollten ausreiten,« sagte der Graf, »lassen Sie sich nicht stören. Wenn Sie aber nichts anderes vorhaben, dann begleiten Sie mich, ich lade Sie heute zum Essen in die Villa Planat ein. Mein Neffe, der Graf von Fontaine, ist ein Mann, den Sie kennenlernen müssen. Potz Wetter, ich habe die Absicht, Sie zur Entschädigung für meine Grobheit fünf der hübschesten Frauen von Paris vorzustellen. Ha, ha, junger Mann, Ihre Stirn glättet sich. Ich liebe die Jugend und freue mich, wenn ich sie glücklich sehe. Das ruft mir die schönen Jahre meiner Jugend zurück, der weder Abenteuer noch Duelle gefehlt haben. Wie war man damals lustig! Heute seid ihr Klugredner geworden, man sorgt sich um alles, als ob es niemals ein fünfzehntes und sechzehntes Jahrhundert gegeben hätte.«

»Aber, verehrter Herr, haben wir nicht recht damit? Das sechzehnte Jahrhundert hat Europa die Religionsfreiheit geschenkt, das neunzehnte wird ihm die politische Frei...«

»Ach, reden wir nicht von Politik. Ich bin ein hartgesottener Reaktionär, wissen Sie. Aber ich hindere die jungen Leute nicht, Revolutionäre zu sein, wenn sie nur dem König gestatten, ihre Aufläufe zu zerstreuen.« Einige Schritte weiter, als der Graf und sein junger Begleiter mitten im Gehölz waren, sah der Seemann eine junge, ziemlich schlanke Birke, hielt sein Pferd an, zog eine seiner Pistolen heraus und schoß auf fünfzehn Schritt Entfernung eine Kugel mitten in den Baum.

»Sie sehen, mein Lieber, ich brauche ein Duell nicht zu scheuen,« sagte er mit komischer Würde und sah Herrn Longueville an.

»Ich auch nicht,« erwiderte dieser, zog schnell seine Pistole, zielte auf das Loch, das die Kugel des Grafen gemacht hatte, und plazierte die seinige dicht daneben.

»Das nenne ich einen wohlerzogenen jungen Mann,« rief der Seemann mit einer gewissen Begeisterung.

Während des Rittes, den er mit dem Manne machte, den er schon als seinen Neffen ansah, fand er tausend Anlässe, ihn über all die Kleinigkeiten auszufragen, deren genaue Kenntnis, nach seinem besonderen Kodex, ihn erst zu einem vollkommenen Gentleman machte.

»Haben Sie Schulden?« fragte er seinen Begleiter schließlich nach vielen andern Fragen.

»Nein.«

»Wie, Sie bezahlen alles, was Sie kaufen?«

»Pünktlich, mein Herr. Sonst würden wir jeden Kredit und jede Achtung einbüßen.«

»Aber Sie haben doch wenigstens mehr als eine Geliebte? Was, Sie werden rot, Kamerad? ... Wie haben sich die Sitten geändert. Mit diesen Ideen von gesetzmäßiger Ordnung, mit dem Kantismus und der Freiheit ist die Jugend verdorben worden. Ihr habt weder eine Guimard, noch eine Duthé, noch Gläubiger, und ihr versteht nichts von Heraldik; aber, junger Freund, dann habt ihr ja gar keine »Erziehung« genossen! Merken Sie sich; wer seine Dummheiten nicht im Frühling macht, der macht sie im Winter. Wenn ich mit siebzig Jahren achtzigtausend Franken Rente habe, so ist das wahrscheinlich deshalb, weil ich mit dreißig Jahren das Kapital aufgezehrt hatte ... oh, in allen Ehren, mit meiner Frau. Aber Ihre Unvollkommenheiten werden mich nicht hindern, Ihren Besuch in der Villa Planat anzukündigen. Denken Sie daran, daß Sie mir versprochen haben, hinzukommen, ich erwarte Sie dort.«

»Was für ein merkwürdiger kleiner Alter,« sagte sich der junge Longueville, »wie ein junger Teufelskerl; aber wenn er sich auch den Anschein eines Biedermannes gibt – ich traue ihm nicht.«

Am andern Tage gegen vier Uhr, als die Gesellschaft sich in den Salons und im Billardzimmer aufhielt, meldete ein Diener den Bewohnern der Villa Planat »Herrn von Longueville«. Beim Namen des Günstlings des Grafen von Kergarouet strömte die ganze Gesellschaft, bis auf den Billardspieler, der im Begriff war, einen Fehlstoß zu machen, zusammen, um Fräulein von Fontaines Haltung zu beobachten und den Phönix in Menschengestalt zu prüfen, der, im Gegensatz zu so vielen Rivalen, sich eine ehrenvolle Erwähnung verdient hatte. Seine ebenso vornehme wie einfache Kleidung, seine liebenswürdigen Manieren, sein höfliches Wesen, seine weiche Stimme, deren Klang zu Herzen ging, gewannen Herrn Longueville das Wohlwollen der ganzen Familie. Die Pracht der Wohnung des reichen Generaleinnehmers schien ihm nichts Ungewohntes zu sein. Seine Unterhaltung war die eines Mannes von Welt, aber jeder konnte leicht merken, daß er eine vorzügliche Erziehung genossen hatte und die besten und ausgedehntesten Beziehungen besaß. Er zeigte sich bei einem harmlosen Gespräch über Schiffsbauten, das der alte Seemann begonnen hatte, in der Materie so bewandert, daß eine der Damen bemerkte, er müsse die polytechnische Schule besucht haben. »Gnädige Frau,« antwortete er, »ich glaube, man kann es als einen Ruhmestitel ansehen, wenn man dort aufgenommen wird.«

Trotz lebhaften Drängens lehnte er höflich aber bestimmt die Bitte ab, zum Essen dazubleiben, und schnitt die Gegengründe der Damen mit der Bemerkung ab, daß er der Hippokrates seiner jungen Schwester sei, deren zarte Gesundheit seine besondere Sorgsamkeit erfordere.

»Der Herr ist wohl Arzt?« fragte eine Schwägerin Emilies ironisch.

»Der Herr hat die polytechnische Schule besucht,« entgegnete freundlich Fräulein von Fontaine, deren Antlitz sich mit blühender Farbe belebte, als sie vernahm, daß das junge Mädchen auf dem Balle Herrn Longuevilles Schwester war.

»Aber, meine Liebe, man kann doch ein Arzt sein und trotzdem die polytechnische Schule besucht haben, nicht wahr, mein Herr?«

»Dem steht nichts im Wege, gnädige Frau,« erwiderte der junge Mann.

Aller Augen richteten sich jetzt auf Emilie, die mit einer gewissen ängstlichen Neugier den verführerischen Unbekannten betrachtete. Sie atmete erst wieder auf, als er lächelnd hinzufügte: »Ich selbst habe nicht den Vorzug, ein Arzt zu sein, und ich habe sogar darauf verzichtet, eine Stellung bei der Wege- und Wasserbauverwaltung anzunehmen, um mir meine Unabhängigkeit zu bewahren.«

»Und Sie haben wohl daran getan,« sagte der Graf. »Aber wie können Sie es als einen Vorzug ansehen, ein Arzt zu sein?« fügte der vornehme Bretone hinzu. »Für einen Mann wie Sie, mein junger Freund ...«

»Herr Graf, ich habe eine unbegrenzte Hochachtung vor allen Berufen, die einen nützlichen Zweck haben.«

»Oh, darin sind wir einig: ich nehme an, daß Sie vor diesen Berufen denselben Respekt haben, wie ein junger Mann vor einer alten Stiftsdame.«

Der Besuch des Herrn Longueville war weder zu lang noch zu kurz. Er empfahl sich, sobald er wahrnahm, daß er allgemein gefallen und jeden neugierig bezüglich seiner Person gemacht hatte.

»Das ist ein schlauer Bruder,« sagte der Graf, als er in den Salon zurückkehrte, nachdem er ihn hinausbegleitet hatte.

Fräulein von Fontaine, die allein von diesem Besuch vorher unterrichtet war, hatte sehr sorgfältig Toilette gemacht, um die Blicke des jungen Mannes auf sich zu ziehen; aber sie mußte, was ihr etwas Kummer verursachte, bemerken, daß er ihr nicht so viel Aufmerksamkeit schenkte, wie sie zu verdienen glaubte. Die Familie war ziemlich erstaunt über das Schweigen, das sie bewahrt hatte. Gewöhnlich entfaltete Emilie vor neuen Besuchern ihre Koketterie, ihr geistreiches Geschwätz und die unerschöpfliche Beredsamkeit ihrer Blicke und ihrer Attitüden. War es nun die melodische Stimme des jungen Mannes oder sein anziehendes Wesen, was sie entzückte, oder war es, daß sie ernsthaft Liebe empfand und daß dieses Gefühl sie umgewandelt hatte: ihr Wesen hatte alles Affektierte verloren.

Wenn sie sich so einfach und natürlich gab, mußte sie noch schöner erscheinen. Einige ihrer Schwestern und eine alte Dame, eine Freundin der Familie, hielten dies Benehmen für raffinierte Koketterie. Sie nahmen an, daß Emilie, wenn sie den jungen Mann für ihrer würdig hielt, sich wahrscheinlich vorgenommen hatte, ihre Vorzüge nur langsam zu entwickeln, um ihn dann, wenn er ihr gefallen haben würde, plötzlich völlig zu blenden. Alle Familienglieder waren begierig, zu erfahren, wie das launische Mädchen über den Fremden dachte; aber als während des Diners ein jeder sich darin gefiel, an Herrn Longueville einen neuen Vorzug zu rühmen und behauptete, daß er allein ihn entdeckt hätte, blieb Fräulein von Fontaine eine Zeitlang stumm; eine kleine spöttische Bemerkung ihres Onkels weckte sie plötzlich aus ihrer Apathie und sie bemerkte ziemlich spitz, daß eine solche göttliche Vollkommenheit irgendeinen großen Fehler verdecken müsse, und daß sie sich hüte, auf den ersten Blick über einen so gewandten Menschen ein Urteil abzugeben. »Wer derart aller Welt gefällt, gefällt niemandem«, fügte sie hinzu, »und der schlimmste Fehler ist, wenn man keinen Fehler hat.« Wie alle verliebten jungen Mädchen schmeichelte sich Emilie mit der Hoffnung, sie könne ihr Fühlen im tiefsten Herzen verborgen halten und die Argusaugen ihrer Umgebung irreführen; aber nach Verlauf von vierzehn Tagen war jedes Mitglied der zahlreichen Familie in das häusliche Geheimnis eingeweiht. Beim dritten

Besuche, den Herr Longueville machte, glaubte Emilie zu erkennen, daß sie der Hauptanlaß dazu sei. Diese Entdeckung verursachte ihr eine so berauschende Freude, daß sie selber in Erstaunen geriet, als sie darüber nachdachte. Denn es lag darin etwas, was ihren Stolz schmerzlich berührte. Gewöhnt, sich zum Mittelpunkte der Gesellschaft zu machen, mußte sie nun eine Macht anerkennen, die sie gegen ihren Willen an sich zog; sie versuchte, sich dagegen aufzulehnen, aber sie konnte das verführerische Bild des jungen Mannes nicht aus ihrem Herzen verbannen. Dazu kamen bald noch andere Beunruhigungen. Zwei Eigenschaften des Herrn Longueville standen der allgemeinen Neugierde und besonders der des Fräuleins von Fontaine entgegen, nämlich seine unerwartete Zurückhaltung und seine Bescheidenheit. Den geschickten Fragen, die Emilie in die Unterhaltung einfließen ließ, und den Fallen, die sie dabei stellte, um dem jungen Manne Näheres über sein Leben zu entlocken, wußte er mit der Gewandtheit eines Diplomaten, der sein Geheimnis hüten will, auszuweichen. Sprach sie über Malerei, so antwortete ihr Herr Longueville als Kenner. Machte sie Musik, so bewies ihr der junge Mann, ohne sich damit zu brüsten, daß er ein guter Klavierspieler war. An einem Abende entzückte er die ganze Gesellschaft, als er seine wundervolle Stimme mit der Emilies in einem der schönsten Duette Cimarosas vereinigte; wenn man aber versuchte, ihn auszuforschen, ob er ein Künstler wäre, so scherzte er mit solcher Gewandtheit darüber hinweg, daß er diesen Damen, die so geübt in der Kunst des Gedankenlesens waren, keine Möglichkeit gewährte, herauszubekommen, zu welcher gesellschaftlichen Sphäre er gehörte. Wie kühn auch der alte Onkel seinen Enterhaken gegen dieses Schiff schleuderte, Longueville verstand ihm auszuweichen und den Reiz des Geheimnisvollen zu bewahren; und es wurde ihm um so leichter, in der Villa Planat »der schöne Unbekannte« zu bleiben, als die Neugierde niemals die Grenzen der Höflichkeit überschritt. Emilie, die diese Zurückhaltung peinlich empfand, hoffte bei der Schwester ein besseres Resultat vertraulicher Eröffnungen zu erzielen, als bei dem Bruder. Unterstützt von dem Onkel, der sich auf derartige Manöver wie auf Schiffsmanöver verstand, versuchte sie, die bisher stumme Persönlichkeit des Fräuleins Klara Longueville auf die Szene zu bringen. Die Gesellschaft der Villa bezeugte bald den dringenden Wunsch, eine so liebenswürdige Person kennenzulernen und ihr etwas Zerstreuung zu verschaffen. Ein zwangloser Ball wurde in Vorschlag gebracht und akzeptiert. Die Damen waren ziemlich hoffnungsvoll, daß sie ein junges Mädchen von sechzehn Jahren würden zum Reden bringen können. Trotz der kleinen Wolken, die der Verdacht zusammenzog und die Neugierde entstehen ließ, hatte doch heller Sonnenschein über Fräulein von Fontaines Seele sich ergossen, die einen köstlichen Genuß darin fand, sich mit einem anderen Wesen verbunden zu fühlen. Sie begann jetzt auch, die gesellschaftlichen Pflichten besser zu verstehen. Sei es, daß das Glück uns besser macht, sei es, daß sie zu sehr mit sich selbst beschäftigt war, um andere zu quälen, sie wurde weniger boshaft, nachgiebiger, sanfter. Über diese Wesensänderung war ihre Familie erstaunt und entzückt. Es war wohl möglich, daß ihr Egoismus sich in Liebe verwandelt hatte. Die Ankunft ihres schüchternen und geheimnisvollen Anbeters zu erwarten, bereitete ihr eine tief empfundene Freude. Ohne daß ein Wort über ihre Leidenschaft zwischen ihnen laut geworden war, wußte sie, daß sie geliebt wurde, und sie kostete den Genuß aus, alle Schätze ihres reich entwickelten Geistes vor dem jungen Unbekannten auszubreiten. Sie merkte wohl, daß auch sie eingehend geprüft wurde, und sie bemühte sich, alle Fehler, die auf ihrer Erziehung beruhten, abzulegen. Es war die Liebe, die sie veranlaßte, sich zum erstenmal zu unterwerfen und sich selbst bittere Vorwürfe zu machen. Sie wollte gefallen und sie entzückte, sie liebte und sie wurde angebetet. Da ihre Angehörigen wußten, daß ihr Stolz sie ausreichend beschützte, so ließen sie ihr genügend Freiheit, so daß sie alle die kleinen beglückenden Kindereien auskosten konnte, die der ersten Liebe so viel Reiz und so viel Kraft verleihen. Mehr als einmal gingen der junge Mann und Fräulein von Fontaine allein in den Alleen des Parks spazieren, der von der Natur geschmückt war, wie eine Frau zum Balle. Mehr als einmal erfreuten sie sich an dem ziel- und zwecklosen Geplauder, dessen Sätze, wenn sie anscheinend keinen rechten Sinn haben, um so wärmeres Empfinden in sich bergen. Gemeinsam bewunderten sie oftmals die herrlichen Farben des Sonnenuntergangs. Sie pflückten Gänseblümchen, um die Blätter abzuzupfen, und sangen die leidenschaftlichsten Duette, indem sie sich der Töne Pergoleses oder Rossinis als getreuer Dolmetscher für ihr heimliches Empfinden bedienten.

So kam der Balltag heran. Klara Longueville und ihr Bruder, den die Kammerdiener hartnäckig mit dem Adelsprädikat nannten, waren der Glanzpunkt des Abends. Zum erstenmal in ihrem Leben bereitete der Triumph eines andern jungen Mädchens Fräulein von Fontaine Freude. Sie überhäufte Klara mit ehrlich gemeinten liebevollen Zärtlichkeiten und Bemühungen, die die Frauen einander gewöhnlich nur dann erweisen, wenn sie die Männer eifersüchtig machen wollen. Emilie aber verfolgte ein bestimmtes Ziel, sie wollte Geheimnisse herausbekommen. Aber Fräulein Longueville bewies als weibliches Wesen noch mehr geistige Gewandtheit als ihr Bruder; dabei machte sie gar nicht den Eindruck, als ob sie etwas verschweigen wolle, und verstand es, die Unterhaltung auf einem Gebiet, das mit persönlichen Angelegenheiten nichts zu tun hatte, festzuhalten, und sie tat das in einer so reizenden Weise, daß Fräulein von Fontaine von einer Art Neid ergriffen wurde und sie eine »Sirene« nannte. Während Emilie geplant hatte, Klara zum Reden zu bringen, forschte Klara Emilie aus; sie wollte sich ein Urteil bilden, und sie wurde von der andern ins Verhör genommen; sie ärgerte sich wiederholt, daß sie Züge ihres Charakters in einzelnen Antworten hatte deutlich werden lassen, die Klara in raffinierter Weise aus ihr herausgelockt hatte, wobei sie eine bescheidene, harmlose Miene aufsetzte, die jeden Verdacht an böswillige Absicht fernhielt. Einmal schien Fräulein von Fontaine ärgerlich zu sein, weil sie sich zu einer von Klara provozierten Bemerkung über die Bürgerlichen hatte verleiten lassen.

»Liebes Fräulein,« sagte das reizende junge Wesen, »ich habe Maximilian so viel von Ihnen reden hören, daß ich, aus Liebe zu ihm, den lebhaftesten Wunsch hatte, Sie kennenzulernen; und Sie kennenlernen wollen, ist das nicht dasselbe, wie Sie liebhaben wollen?«

»Ach, liebe Klara, ich hatte Angst, es könnte Ihr Mißfallen erregen, weil ich so über die gesprochen habe, die nicht von Adel sind.«

»Oh, beruhigen Sie sich. Heute hat so etwas ja keine Bedeutung mehr. Mich selber berührt das nicht: ich komme hierbei nicht in Frage.«

Wie zweideutig diese Antwort auch klang, Fräulein von Fontaine war hocherfreut darüber; denn wie alle leidenschaftlich erregten Menschen legte sie sie sich wie einen Orakelspruch in dem Sinne aus, der ihren Wünschen entsprach, und war froher als je, wenn sie beim Tanzen auf Longueville blickte, der in Wesen und Eleganz beinahe noch ihr erträumtes Ideal übertraf. Und sie empfand eine um so tiefere Befriedigung, wenn sie nun dachte, daß er adelig sei; ihre schwarzen Augen strahlten, und sie gab sich dem Tanze mit all der Wonne hin, die man in Gegenwart des Geliebten empfindet. Niemals verstanden sich die beiden Liebenden besser als jetzt; und mehrmals fühlten sie, wie ihre Finger bebten, wenn sich ihre Hände beim Kommando des Kontertanzes berührten.

So kam für das schöne Paar der Beginn des Herbstes unter dauernden Festen und Vergnügungen heran, während es sich weiter dem süßesten Gefühl, das das Leben kennt, hingab und es durch tausend kleine Geschehnisse, die sich jeder vorstellen kann, noch stärker werden ließ: die Liebeshändel gleichen einander ja alle. Dabei suchte einer den andern auszuforschen, soweit eine solche Prüfung geschehen kann, wenn man verliebt ist.

»So schnell hat ein Liebeshandel wohl noch nie zu einer Neigungsheirat geführt, wie es hier kommt«, sagte der alte Onkel, der die beiden jungen Leute mit seinen Blicken verfolgte, wie wenn ein Naturforscher ein Insekt unter das Mikroskop nimmt.

Bei diesem Worte erschraken Herr und Frau von Fontaine. Der alte Vendéer war bezüglich der Heirat seiner Tochter doch nicht so indifferent, wie er vor kurzem erklärt hatte. Er hatte in Paris Erkundigungen angestellt und nichts erfahren können. Beunruhigt über diese mysteriösen Verhältnisse und noch ohne Nachricht über das Ergebnis einer Nachforschung, mit der er einen Pariser Sachwalter in Bezug auf die Familie Longueville betraut hatte, hielt er sich für verpflichtet, seiner Tochter ein vorsichtiges Verhalten anzuraten.

»Wenn du ihn liebst, meine liebe Emilie, so gestehe ihm das wenigstens nicht!«

»Es ist wahr, lieber Vater, ich liebe ihn, aber ich werde es ihm nicht eher sagen, als bis Sie es mir erlaubt haben.«

»Jedenfalls mußt du bedenken, Emilie, daß du über seine Familie und seinen Beruf noch ganz im Unklaren bist.«

»Wenn ich das auch bin, das gilt mir gleich. Sie wünschen doch, lieber Vater, daß ich mich verheirate, und haben mir gestattet, frei zu wählen; meine Wahl ist unwiderruflich getroffen, was ist also noch weiter nötig?«

»Es ist nötig, mein liebes Kind, zu wissen, ob der Mann deiner Wahl der Sohn eines Pairs von Frankreich ist«, erwiderte ironisch der ehrenwerte Edelmann.

Emilie verharrte einen Augenblick in Schweigen. Bald aber erhob sie das Gesicht, sah ihren Vater an und sagte mit einer gewissen Unruhe: »Sind die Longueville?« ...

»Erloschen mit der Person des alten Herzogs von Rostein-Limbourg, der 1793 auf dem Schaffot geendet hat. Er war der letzte Abkömmling der letzten jüngeren Linie.«

»Aber es gibt, lieber Vater, doch sehr gute Familien, die von Bastarden abstammen. Die Geschichte Frankreichs wimmelt von Fürsten, deren Wappen einen Querbalken trägt.«

»Deine Ansichten haben sich sehr geändert«, sagte der alte Edelmann lächelnd.

Der nächste Tag war der letzte, den die Familie Fontaine in der Villa Planat zubringen wollte. Emilie, die die Mitteilungen ihres Vaters sehr beunruhigt hatten, erwartete mit lebhafter Ungeduld die Stunde, zu der der junge Longueville zu erscheinen pflegte, um eine Erklärung von ihm zu erlangen. Nach dem Diner begab sie sich allein in den Park und lenkte ihre Schritte nach einem verschwiegenen Boskett, wo sie der sehnsüchtige junge Mann, wie sie wußte, aufsuchen würde; während sie hinging, überlegte sie, wie sie dieses wichtige Geheimnis, ohne sich bloßzustellen, herausbekommen sollte; ein recht schwieriges Unternehmen! Bisher hatte noch kein offenes Geständnis die Neigung, die sie mit dem Unbekannten verband, offenbart. Sie, wie Maximilian, beide hatten die Süße der ersten Liebe genossen, aber da beide gleich stolz waren, schien jeder sich vor dem Geständnis, daß er liebe, zu scheuen.

Maximilian Longueville, dem Klara hinreichend begründete Bedenken über Emilies Charakter eingeflößt hatte, wurde abwechselnd bald von der Heftigkeit der Leidenschaft eines jungen Mannes hingerissen, bald von dem Verlangen zurückgehalten, die Frau, deren Händen er sein Lebensglück anvertrauen wollte, genau kennenzulernen und zu prüfen. Seine Liebe hatte ihn nicht gehindert, bei Emilie die Vorurteile wahrzunehmen, die dieses junge Wesen verunzierten; aber er wollte wissen, ob er geliebt würde, bevor er gegen sie ankämpfte; er wollte sein Liebesglück ebensowenig aufs Spiel setzen wie sein Lebensglück. Er hatte daher beständig Schweigen bewahrt, wenn auch seine Blicke, seine Haltung und das Geringste, was er tat, es Lügen straften. Auf der andern Seite hinderte der natürliche Stolz eines jungen Mädchens, der bei Fräulein von Fontaine noch durch die törichte Eitelkeit auf ihre vornehme Geburt und ihre Schönheit gesteigert war, diese, eine Erklärung herauszufordern, wozu ihre wachsende Leidenschaft sie manchmal drängen wollte. So hatten die beiden Liebenden instinktiv ihre Situation verstanden, ohne sich über ihre geheimen Beweggründe klarzuwerden. Es gibt im Leben Augenblicke, da jungen Seelen das Ungewisse lieb ist. Gerade weil jeder schon allzulange mit der Aussprache gezögert hatte, schienen sich alle beide ein grausames Vergnügen mit ihrem Abwarten zu machen. Der eine suchte zu erforschen, ob er wirklich bis zur Überwindung, die ein Geständnis seine stolze Geliebte kosten würde, geliebt werde, die andere hoffte jeden Augenblick, daß das allzu zurückhaltende Schweigen gebrochen werden würde.

Auf einer Gartenbank sitzend, überdachte Emilie alles, was sich während dieser herrlichen drei Monate ereignet hatte. Der Verdacht ihres Vaters war das letzte Bedenken, das sie noch hindern konnte, und sie machte etliche Gegengründe dagegen geltend, wie solche einem jungen unerfahrenen Mädchen durchschlagend erschienen. Vor allem war sie mit sich einig darüber, daß sie sich unmöglich täuschen könne. Während der ganzen Saison hatte sie bei Maximilian keine einzige Geste, kein einziges Wort bemerken können, die eine niedrige Herkunft oder einen gewöhnlichen Beruf verrieten; im Gegenteil, seine Art zu diskutieren ließ einen Mann erkennen, der sich mit hohen Staatsangelegenheiten beschäftigte. »Übrigens hätte ein Bureaumensch,« sagte sie sich, »ein Finanzier oder ein Kaufmann nicht die Muße gehabt, hier eine ganze Saison hindurch zu verweilen, um mir auf dem Lande den Hof zu machen und so frei über seine Zeit zu verfügen wie ein Edelmann, der ein ganzes sorgloses Leben vor sich hat.« Dann überließ sie sich andern Gedanken, die ihr viel interessanter waren, als die früheren; da verriet ihr ein

leichtes Rauschen der Blätter, daß Maximilian sie schon eine Zeitlang, gewiß mit Sehnsucht, beobachtete.

»Wissen Sie, daß das sehr schlecht ist, ein junges Mädchen so zu
überraschen?« sagte sie lächelnd.

»Besonders wenn es mit seinen Geheimnissen beschäftigt ist«,
erwiderte Maximilian listig.

»Warum sollte ich keine Geheimnisse haben? Sie haben ja sicher
auch welche.«

»Dachten Sie wirklich über Ihre Geheimnisse nach?« entgegnete
er lachend.

»Nein, ich dachte an die Ihrigen. Meine kenne ich.«

»Aber,« rief der junge Mann zärtlich aus und bot Fräulein von
Fontaine den Arm, »vielleicht sind meine Geheimnisse die Ihrigen
und Ihre die meinen.«

Nach einigen Schritten befanden sie sich unter einer Baumgrup-
pe, die die Farben der untergehenden Sonne wie mit einer rötlich-
braunen Wolke umhüllten. Diese wunderbare Naturerscheinung
verlieh dem Momente eine gewisse Feierlichkeit. Die lebhafte freie
Bewegung des jungen Mannes und vor allem der Aufruhr seines
pochenden Herzens, dessen hastige Schläge zu Emiliens Arm redeten, versetzten sie in eine um so tiefergehende Erregung, als diese
durch die einfachsten und harmlosesten Umstände veranlaßt worden war. Die Zurückhaltung, in der die jungen Mädchen der vornehmen Gesellschaftskreise sonst zu leben gewohnt sind, gibt ihren
Gefühlsausbrüchen eine unglaubliche Gewalt, und sie geraten in
die größte Gefahr, wenn sie mit einem leidenschaftlichen Geliebten
zusammentreffen. Noch niemals hatten die Augen Emilies und
Maximilians sich so vieles, was man nicht auszusprechen wagt,
gesagt. Hingerissen von dieser Trunkenheit, vergaßen sie leicht die
kleinen Bedenken ihres Stolzes und die kühlen Erwägungen ihres
Mißtrauens. Sie konnten zuerst ihrem seligen Gefühl nur durch
einen heißen Druck ihrer Hände Ausdruck geben.

»Herr Longueville, ich muß eine Frage an Sie richten«, sagte Fräulein von Fontaine zitternd und erregt. »Aber ich bitte Sie dringend,
zu bedenken, daß ich zu dieser Frage gewissermaßen durch die

ziemlich eigenartige Lage gezwungen bin, in der ich mich meiner Familie gegenüber befinde.«

Eine für Emilie schreckliche Pause trat nach diesen fast gestammelten Sätzen ein. Während dieser Stille wagte das stolze junge Mädchen nicht, dem leuchtenden Blicke dessen, den sie liebte, zu begegnen, denn sie hatte im geheimen die Empfindung, daß das, was sie jetzt sagen würde, erniedrigend war: »Sind Sie adelig?«

Als diese Worte ausgesprochen waren, hätte sie sich am liebsten auf dem Meeresgrunde versteckt.

»Mein Fräulein,« erwiderte Longueville, während sein erregtes Gesicht den Ausdruck würdevollen Ernstes annahm, »ich verspreche Ihnen, diese Frage ohne Umschweife zu beantworten, wenn Sie mir aufrichtig auf die antworten wollen, die ich an Sie zu richten habe.« Er ließ den Arm des jungen Mädchens los, das plötzlich die Empfindung hatte, daß es allein in der Welt stünde, und sagte: »Was bezwecken Sie mit dieser Frage nach meiner Herkunft?« Unbeweglich, kalt und stumm blieb sie stehen. »Mein Fräulein,« fuhr Maximilian fort, »gehen wir nicht weiter, wenn wir uns nicht verstehen. – Ich liebe Sie«, sagte er, und seine Stimme klang warm und herzlich. »Und nun sagen Sie mir,« fügte er mit glücklichem Gesicht hinzu, als er einen Ausruf des Entzückens vernahm, den das junge Mädchen nicht hatte zurückhalten können, »weshalb fragen Sie mich, ob ich adelig bin?«

»Könnte er so sprechen, wenn er es nicht wäre?« rief eine innere Stimme, die Emilie aus der Tiefe ihres Herzens zu vernehmen glaubte. Sie erhob dankbar den Kopf, schien neue Kraft aus dem Blicke des jungen Mannes zu schöpfen und reichte ihm den Arm, als ob sie einen neuen Bund mit ihm schließen wollte.

»Haben Sie geglaubt, daß ich so sehr auf den Rang sehe?« fragte sie mit feinem Spotte.

»Ich habe meiner Frau keinen Titel anzubieten«, entgegnete er, halb scherzhaft, halb ernst. »Aber wenn ich sie von hohem Range und aus einem Kreise wähle, wo sie das väterliche Vermögen an Luxus und an die Annehmlichkeiten des Reichtums gewöhnt hat, so weiß ich, wozu mich eine solche Wahl verpflichtet. Die Liebe entschädigt zwar für alles, aber nur die Liebenden. Für die Ehe ist doch ein wenig mehr nötig als das Dach des Himmelszeltes und der Teppich der Wiesen.«

Er ist reich, dachte sie. Und was er von den Titeln sagte, damit will er mich vielleicht prüfen! Man wird ihm hinterbracht haben, daß ich in den Adel vernarrt sei, und daß ich einen Pair von Frankreich heiraten wolle. Meine scheinheiligen Schwestern werden mir diesen Streich gespielt haben. – »Ich versichere Ihnen, mein Herr,« sagte sie laut, »daß ich früher über das Leben und die Gesellschaft recht übertriebene Ansichten gehabt habe; heute aber,« fuhr sie mit Nachdruck fort und warf ihm einen Blick zu, der ihn närrisch machen konnte, »heute weiß ich, worin für die Frau der wahre Reichtum zu finden ist.«

»Ich bedarf des Glaubens, daß Sie aufrichtig sprechen«, erwiderte er mit freundlichem Ernst. »Noch in diesem Winter, meine teure Emilie, vielleicht schon eher als in zwei Monaten, werde ich stolz auf das sein, was ich Ihnen anbieten kann, wenn Sie auf den Genuß von Reichtum Wert legen. Das soll das einzige Geheimnis sein, das ich hier noch bewahre,« sagte er und wies auf sein Herz; »denn von dem Erfolge hängt mein Glück, ich wage nicht zu sagen, unser Glück, ab ...«

»Oh, sagen Sie es, sagen Sie es!«

So kehrten sie, mit schönen Zukunftsplänen beschäftigt, langsamen Schrittes zu der Gesellschaft im Salon zurück. Noch niemals hatte Fräulein von Fontaine ihren Anbeter so liebenswürdig und so geistvoll gesehen: seine schlanke Figur, sein anziehendes Wesen erschienen ihr noch reizvoller, seitdem die eben stattgehabte Unterredung sie des Besitzes eines Herzens versichert hatte, um das sie alle Frauen beneiden konnten. Sie sangen ein italienisches Duett mit solchem Ausdruck, daß die Gesellschaft begeistert Beifall klatschte. Ihr Abschied hatte etwas Konventionelles, hinter dem sie ihr Glück verbergen wollten. So wurde dieser Tag für das junge Mädchen eine Kette, die sie noch fester an das Geschick des Unbekannten fesselte. Die Kraft und Würde, die er bei der Szene, in der sie sich ihre Gefühle gestanden, entwickelt hatte, mußten Fräulein von Fontaine mit der Achtung erfüllen, ohne die es keine wahre Liebe gibt. Als sie allein mit ihrem Vater im Salon zurückgeblieben war, ging der ehrwürdige Vendéer auf sie zu, nahm sie zärtlich bei der Hand und fragte sie, ob sie irgendeine Aufklärung über das Vermögen und die Familie des Herrn Longueville erhalten hätte.

»Ja, lieber Vater,« erwiderte sie, »ich bin noch glücklicher, als ich es mir wünschen konnte. Herr von Longueville ist der einzige Mann, den ich heiraten will.«

»Gut, Emilie,« antwortete der Graf, »dann weiß ich, was ich zu tun habe.«

»Sollten Sie irgendein Hindernis kennen?« fragte sie mit wirklicher Angst.

»Mein liebes Kind, niemand kennt diesen jungen Mann; aber, vorausgesetzt, daß er kein unehrenhafter Mann ist, soll er mir von dem Augenblick an, wo du ihn liebst, ebenso teuer sein wie ein Sohn.«

»Ein unehrenhafter Mann?« erwiderte Emilie, »darüber bin ich ganz beruhigt. Der Onkel, der ihn uns vorgestellt hat, kann Ihnen für ihn gutsagen. Sagen Sie doch, lieber Onkel, ist er ein Seeräuber, ein Freibeuter, ein Korsar gewesen?«

»Das habe ich mir gedacht, daß es dahin kommen würde«, rief der alte Seemann, der aus dem Schlafe erwachte, aus.

Er sah sich im Salon um, aber seine Großnichte war verschwunden, wie ein Sankt-Elmsfeuer, um seinen üblichen Ausdruck anzuwenden.

»Nun also, lieber Onkel,« begann Herr von Fontaine wieder, »wie haben Sie uns nur alles, was Sie über den jungen Mann wissen, verheimlichen können? Sie mußten doch sehen, wie beunruhigt wir waren. Ist Herr von Longueville von guter Familie?«

»Ich kenne ihn nicht von Adams oder von Evas Seite her«, rief der Graf von Kergarouet aus. »Ich habe mich auf den Takt unsres kleinen Tollkopfs verlassen und ihr ihren Saint-Preux durch ein mir bekanntes Mittel zugeführt. Ich weiß nur, daß der Junge wunderbar schießt, ein vortrefflicher Jäger ist, vorzüglich Billard, Schach und Triktrak spielt; er ficht und reitet wie der selige Ritter Sankt Georg. Er ist kultiviert wie unsere Weinberge. Er rechnet wie Barème, er zeichnet, tanzt und singt gut. Also, was, zum Teufel, wollt ihr denn noch? Wenn das nicht ein vollkommener Edelmann ist, so zeigt mir doch einen Bürgerlichen, der das alles kann, einen Menschen, der so vornehm lebt wie er. Tut er irgendwas? Entwürdigt er sich damit, daß er in ein Bureau geht, um sich vor den Parvenus, die ihr Generaldirektoren nennt, zu verneigen? Er geht mit erhobenem Haupte umher, er ist ein Mann. Übrigens habe ich eben in meiner Westentasche die Karte gefunden, die er mir überreicht hat, als die arme Unschuld dachte, ich wollte ihm den Hals brechen! Die heutige Jugend ist nicht sehr gerissen. Hier ist sie.«

»Rue du Sentier Nummer fünf«, sagte Herr von Fontaine und versuchte sich zu erinnern, ob unter den Auskünften, die er erhalten hatte, eine sich auf den jungen Unbekannten beziehen könnte. »Was, zum Teufel, bedeutet das? Die Herren Palma, Werbrust und Kompanie, deren Hauptgeschäft ein Engroshandel mit Musselin, Schirting und bunten Stoffen ist, die wohnen ja dort. Jetzt weiß ich Bescheid, Longueville, der Abgeordnete, ist bei ihrem Hause beteiligt. Aber Longueville hat, wie ich weiß, nur einen Sohn von zweiunddreißig Jahren, der unserm hier absolut nicht ähnlich ist, und dem er fünfzigtausend Franken Rente mitgeben will, damit er die Tochter eines Ministers heiratet; er möchte gern, wie andere auch, zum Pair ernannt werden. Niemals habe ich ihn von diesem Maximilian reden hören. Hat er eine Tochter? Und ist das diese Klara? Übrigens kann sich ja jeder Schwindler Longueville nennen. Aber ist die Firma Palma, Werbrust und Kompanie nicht halb ruiniert durch eine Spekulation in Mexiko und Indien? Ich werde das alles aufklären.«

»Du redest ganz allein, als ob du auf der Bühne ständest, und scheinst mich für eine Null anzusehen«, sagte plötzlich der alte Seemann. »Weißt du denn nicht, daß ich, wenn er ein Edelmann ist, mehr als einen Sack in meinen Luken stehen habe, mit dem ich seinem Vermögen aufhelfen werde?«

»Was das anlangt, so hat er das, wenn er ein Sohn von Longueville ist, nicht nötig; aber«, sagte Herr von Fontaine und wiegte den Kopf hin und her, »sein Vater hat ja nicht einmal ›Seife an die Kanaille verkauft‹. Vor der Revolution war er Staatsanwalt, und das ›von‹, das er seit der Restauration sich angeeignet hat, gehört ihm ebensogut, wie die Hälfte seines Vermögens.«

»Ja, ja! Glücklich die Leute, deren Väter gehenkt worden sind«, rief der Seemann vergnügt.

Drei oder vier Tage nach diesem denkwürdigen Tage war Fräulein von Fontaine an einem der schönen Novembervormittage, da die Pariser Boulevards durch die scharfe Kälte des ersten Frostes trocken geworden sind, in einem neuen Pelz, den sie in Mode bringen wollte, mit ihren beiden Schwägerinnen, die sie früher am meisten mit Bosheiten überschüttet hatte, ausgefahren. Die drei Damen waren zu dieser Promenade in Paris weit weniger veranlaßt worden, weil sie einen neuen, sehr eleganten Wagen probieren oder Kleider, die für die Wintermode den Ton angeben sollten, zeigen wollten, als um eine Pelerine anzusehen, die einer ihrer Freundinnen in einem vornehmen Wäschegeschäft an der Ecke der Rue de la Paix aufgefallen war. Als die drei Damen den Laden betreten hatten, zog die Baronin von Fontaine Emilie am Ärmel und zeigte ihr Maximilian Longueville, der im Kontor saß und damit beschäftigt war, mit kaufmännischer Gewandtheit einer Nähterin, mit der er zu verhandeln schien, ein Goldstück zu wechseln. In der Hand hielt der »schöne Unbekannte« mehrere Proben, die keinen Zweifel über seinen ehrenwerten Beruf ließen. Ohne daß jemand es wahrnahm, wurde Emilie mit Eiskälte durchrieselt. Aber dank der Lebensart der guten Gesellschaft verbarg sie vollkommen die Wut, die ihr ans Herz griff, und antwortete ihrer Schwägerin: »Ich wußte es!« mit so voller Stimme und so unnachahmlicher Betonung, daß die berühmteste Schauspielerin dieser Zeit sie darum beneidet haben würde. Dann näherte sie sich dem Kontor. Longueville erhob den Kopf, steckte die Proben mit verzweifelter Kaltblütigkeit in die Tasche, grüßte Fräulein von Fontaine und näherte sich ihr, indem er ihr einen durchdringenden Blick zuwarf.

»Fräulein,« sagte er zu der Nähterin, die ihm mit unruhiger Miene gefolgt war, »ich werde zu Ihnen schicken und die Rechnung bezahlen lassen, unsere Firma wünscht es so. Aber, halt,« fügte er leise hinzu und gab ihr einen Tausendfrankenschein, »nehmen Sie das: aber das ist eine Sache unter uns.- Ich hoffe, Sie werden mir verzeihen«, sagte er und wandte sich wieder an Emilie. »Haben Sie die Güte, mich mit dem Drange der Geschäfte zu entschuldigen.«

»Das kann mir wohl sehr gleichgültig sein, mein Herr«, erwiderte Fräulein von Fontaine und betrachtete ihn mit einer Selbstsicherheit und einer spöttischen Gleichgültigkeit, daß man glauben mußte, sie sähe ihn zum ersten Male.

»Sprechen Sie im Ernst so?« fragte Maximilian mit stockender Stimme.

Emilie wandte ihm mit unglaublicher Verachtung den Rücken. Die wenigen, leise gewechselten Worte waren der neugierigen Aufmerksamkeit der beiden Schwägerinnen entgangen. Nachdem sie die Pelerine gekauft hatten und wieder in den Wagen gestiegen waren, konnte Emilie, die rückwärts saß, sich nicht enthalten, noch einen letzten Blick auf das Innere des verhaßten Ladens zu werfen, in dem sie Maximilian mit gekreuzten Armen stehen sah, in der Haltung eines Mannes, der über das Unglück, das ihn so plötzlich betroffen hat, erhaben ist. Ihre Augen begegneten sich und warfen sich zwei unversöhnliche Blicke zu. Jeder von beiden hoffte, daß er das Herz, das er liebte, grausam verletze. In einem Augenblick fühlten sich alle beide einander so fern, als ob der eine in China, der andere in Grönland lebte. Läßt der Hauch der Eitelkeit nicht alles vertrocknen? Ein Opfer der heftigsten Kämpfe, die das Herz eines jungen Mädchens erschüttern können, brachte Fräulein von Fontaine die reichste Schmerzensernte heim, die jemals Vorurteile und kleinlicher Sinn in eine Menschenseele gesät hatten. Ihr noch eben frisches, sammetweiches Gesicht zeigte Runzeln, einen gelblichen Ton und rote Flecke, und der weiße Teint ihrer Wangen erschien plötzlich grünlich. In der Hoffnung, ihre Erregung vor ihren Schwägerinnen verbergen zu können, zeigte sie ihnen lachend einen Passanten oder eine lächerliche Toilette; aber ihr Lachen war krampfhaft. Von dem schweigenden Mitleid ihrer Schwägerinnen fühlte sie sich viel stärker verletzt, als wenn sie sich mit boshaften Bemerkungen gerächt hätten. Sie wandte all ihren Geist auf, um sie in eine Unterhaltung zu ziehen, wobei sie ihrer Wut durch unsinnige Paradoxe Luft zu machen suchte, indem sie die Kaufleute mit den schnödesten Beschimpfungen und dem geschmacklosesten Spott überhäufte. Bei der Heimkehr wurde sie von einem Fieber befallen, das zuerst einen etwas gefährlichen Charakter zeigte. Erst nach Verlauf eines Monats hatte die Pflege ihrer Angehörigen und des Arztes die Sorgen der Ihrigen beseitigt. Jeder hoffte nun, daß diese ziemlich starke Lektion Emiliens Charakter bessern würde, die unmerklich ihre früheren Gewohnheiten wieder aufnahm und sich von neuem in das Gesellschaftstreiben stürzte. Sie erklärte, es sei keine Schande, wenn man sich getäuscht habe. Hätte sie aber, sagte sie, wie ihr Vater, irgendwelchen Einfluß in der Kammer, so würde sie ein Gesetz beantragen, wonach die Kaufleute, besonders die Schirtinghändler, mit einem Brandmal an der Stirn, wie die Schafe von Berri, bis in die dritte Generation gezeichnet werden müßten. Sie wollte, daß der Adel allein das Recht hätte, die alte französische Tracht, die den Höflingen Ludwigs XV. so gut stand, zu tragen. Wenn man sie hörte, war es vielleicht ein Unglück für die Monarchie, daß kein äußerlich sichtbarer Unterschied zwischen einem Kaufmann und einem Pair von Frankreich bestand. Tausend andere solche Scherze, die man sich denken kann, folgten schnell aufeinander, sobald ein unvorhergesehener Anlaß sie auf dieses Thema brachte. Aber die, die Emilie liebten, nahmen hinter ihren Spöttereien einen Schatten von Melancholie wahr. Augenscheinlich herrschte Maximilian Longueville immer noch in diesem unverständlichen Herzen. Manchmal wurde sie so liebenswürdig, wie während des flüchtigen Sommers, der ihre Liebe hatte entstehen sehen, und manchmal benahm sie sich unerträglicher als je. Jeder entschuldigte ihre wechselnden Launen, die aus ihrem geheimen, aber allen bekannten Schmerz entsprangen. Der Graf von Kergarouet erlangte dadurch einige Macht über sie, daß er sie verschwenderisch mit Geschenken überhäufte, eine Art von Trost, der bei jungen Pariserinnen selten seine Wirkung verfehlt. Der erste Ball, den Fräulein von Fontaine besuchte, fand bei dem neapolitanischen Gesandten statt. Gerade als sie sich zu der prächtigsten Quadrille anstellte, bemerkte sie einige Schritte neben sich Longueville, der ihrem Tänzer leicht zunickte. »Ist der junge Mann ein Freund von Ihnen?« fragte sie ihren Kavalier mit verächtlicher Miene.

»Er ist nur mein Bruder«, erwiderte er.

Emilie konnte ein Erzittern nicht unterdrücken.

»Oh,« fuhr er begeistert fort, »das ist gewiß die edelste Seele von der Welt...«

»Kennen Sie meinen Namen?« unterbrach ihn Emilie lebhaft.

»Nein, gnädiges Fräulein. Ich gestehe, es ist ein Verbrechen, daß ich einen Namen nicht behalten habe, der auf aller Lippen ist, ich müßte sagen, in allen Herzen; aber ich habe eine annehmbare Entschuldigung: ich kehre eben aus Deutschland zurück. Mein Gesandter, der in Paris auf Urlaub ist, hat mich heute hierher als Begleiter seiner Frau beordert, die Sie dort hinten in der Ecke sehen können.«

»Eine wahrhaft tragische Maske«, sagte Emilie, nachdem sie die Gesandtin betrachtet hatte.

»Das ist ihr Ballgesicht«, erwiderte der junge Mann lachend. »Aber ich werde doch mit ihr tanzen müssen. Und dafür habe ich mich entschädigen wollen.« Fräulein von Fontaine verneigte sich. »Ich bin sehr überrascht gewesen,« fuhr der schwatzhafte Gesandtschaftssekretär fort, »meinen Bruder hier zu treffen. Als ich aus Wien hier ankam, erfuhr ich, daß der arme Junge krank sei und zu Bett liege. Ich wollte ihn, bevor ich zum Balle fuhr, aufsuchen; aber die Politik läßt uns nicht immer Zeit, den Familienpflichten nachzukommen. Die ›padrona della casa‹ hat mir nicht erlaubt, zu meinem armen Maximilian hinaufzugehen.«

»Ist Ihr Herr Bruder, ebenso wie Sie, Diplomat?«

»Nein,« sagte der Sekretär seufzend, »der arme Junge hat sich für mich aufgeopfert! Er und meine Schwester Klara haben auf ihren Anteil an dem Vermögen meines Vaters verzichtet, damit für mich ein Majorat gebildet werden kann. Mein Vater träumt von der Pairschaft, wie alle, die für das Ministerium stimmen. Er hat schon die Zusage, daß er ernannt wird«, fügte er leise hinzu. »Nachdem er schon einiges Kapital zusammengebracht hatte, hat sich mein Bruder mit einem Bankhause assoziiert; ich weiß, daß er ein Spekulationsgeschäft mit Brasilien unternommen hat, das ihn zum Millionär machen kann. Ich bin sehr froh, daß ich durch meine diplomatischen Beziehungen zum Erfolge beitragen konnte. Ich erwarte sogar ungeduldig eine Depesche der brasilianischen Gesandtschaft, deren Inhalt ihm die Sorgenfalten der Stirn glätten wird. Wie finden Sie ihn?«

»Aber das Gesicht Ihres Herrn Bruders sieht nicht so aus, wie das eines Mannes, der sich mit Geldgeschäften befaßt.«

Der junge Diplomat warf einen scharfen, prüfenden Blick auf das anscheinend ruhige Gesicht seiner Tänzerin.

»Wie denn«, sagte er lächelnd, »vermögen die jungen Damen auch Liebesgedanken hinter stummen Stirnen zu ahnen?«

»Ist Ihr Herr Bruder verliebt?« fragte sie mit einer neugierigen Gebärde.

»Jawohl. Meine Schwester Klara, für die er wie eine Mutter sorgt, hat mir geschrieben, daß er sich in diesem Sommer in eine sehr hübsche Person verliebt hat; seitdem habe ich aber nichts Weiteres über den Liebeshandel gehört. Würden Sie glauben, daß der arme Junge jeden Morgen um fünf Uhr aufgestanden ist und seine Geschäfte erledigt hat, damit er sich um vier Uhr nachmittags bei seiner Schönen auf dem Lande einfinden konnte? Deshalb hat er auch ein prachtvolles Rassepferd, das ich ihm geschickt hatte, zuschanden geritten. Vergeben Sie mir mein Geschwätz, gnädiges Fräulein, aber ich komme eben aus Deutschland. Seit einem Jahre habe ich nicht richtig Französisch sprechen hören, ich hungere nach französischen Gesichtern und bin übersatt von deutschen, so sehr, daß ich in meinem wütenden Patriotismus sogar, wie ich glaube, mit den Fabelfiguren eines Pariser Kandelabers mich unterhalten würde. Wenn ich außerdem mit einer für einen Diplomaten wenig passenden Offenheit rede, so liegt die Schuld an Ihnen, mein gnädiges Fräulein. Haben Sie mir nicht meinen Bruder gezeigt? Wenn von ihm die Rede ist, dann bin ich unerschöpflich. Ich möchte der ganzen Welt erzählen, wie gut und edelmütig er ist. Bei den Einkünften des Gutes Longueville handelt es sich um nicht weniger als um hunderttausend Franken.«

Wenn Fräulein von Fontaine diese Aufklärungen erhielt, so verdankte sie das zum Teil der Geschicklichkeit, mit der sie ihren vertrauensvollen Kavalier auszufragen verstand, nachdem sie erfahren hatte, daß er der Bruder ihres verschmähten Liebhabers war.

»War es Ihnen nicht peinlich, zu sehen, wie Ihr Bruder Musselin und Schirting verkaufte?« fragte Emilie nach der dritten Figur des Kontertanzes.

»Woher wissen Sie das?« fragte der Diplomat. »So sehr ich mich meinem Redefluß überlassen habe, so bin doch, Gott sei Dank, ebensogut wie alle Anfänger in der diplomatischen Karriere, die ich kenne, noch imstande, nicht mehr zu sagen, als ich will.«

»Doch, Sie haben es mir gesagt, ich versichere es Ihnen.«

Herr von Longueville betrachtete Fräulein von Fontaine voller Erstaunen mit einem durchdringenden Blicke. Ein Verdacht tauchte bei ihm auf. Nacheinander befragte er die Augen seines Bruders und seiner Tänzerin, ahnte den ganzen Zusammenhang, preßte seine Handflächen gegeneinander, erhob seine Augen zur Decke, fing an zu lachen und sagte: »Was bin ich für ein Dummkopf! Sie sind die schönste Dame auf dem Balle, mein Bruder blickt verstohlen nach Ihnen, er tanzt trotz seines Fiebers, und Sie tun, als ob Sie ihn nicht sähen. Machen Sie ihn glücklich,« sagte er, während er sie zu ihrem alten Onkel zurückführte, »ich werde nicht eifersüchtig auf ihn sein; aber ich werde mich immer ein bißchen fürchten, wenn ich Sie meine Schwester nennen soll ...«

Indessen schienen die beiden Liebenden sich unerbittlich gegeneinander zu verhalten. Gegen zwei Uhr morgens wurde ein kaltes Büfett in einer riesigen Galerie aufgetragen; damit sich die Personen desselben Kreises ungehindert zusammensetzen konnten, waren einzelne Tische, wie in einem Restaurant, aufgestellt worden. Durch einen Zufall, wie er immer Liebenden begegnet, fand Fräulein von Fontaine ihren Platz an einem Tische, der sich neben dem befand, an den sich die vornehmste Gesellschaft gesetzt hatte. Zu ihr gehörte auch Maximilian. Emilie, die aufmerksam der Unterhaltung ihrer Nachbarn folgte, konnte ein Gespräch mit anhören, wie es so häufig zwischen jungen Frauen und jungen Männern, die die Anmut und die Formen Maximilian Longuevilles besitzen, geführt wird. Die Dame, die sich mit dem jungen Bankier unterhielt, war eine neapolitanische Herzogin, deren Augen Blitze sprühten und deren weiße Haut wie Seide schimmerte. Die Vertraulichkeit, die der junge Longueville ihr gegenüber an den Tag zu legen suchte, verletzte Fräulein von Fontaine um so mehr, als sie sich eben mit noch zehnmal stärkerer Zärtlichkeit als früher ihrem Geliebten wieder zugewandt hatte.

»Ja, mein Herr, in meinem Lande vermag die echte Liebe jedes Opfer zu bringen«, sagte die Herzogin.

»Ihr empfindet eben eine andere Leidenschaft als die Französinnen«, sagte Maximilian und warf einen flammenden Blick auf Emilie. »Die bestehen nur aus Eitelkeit.«

»Mein Herr,« entgegnete das junge Mädchen lebhaft, »ist es nicht schlecht, sein Vaterland zu verleumden? Hingebung ist in allen Ländern zu finden.«

»Glauben Sie, mein Fräulein,« erwiderte die Italienerin mit spöttischem Lächeln, »daß eine Pariserin bereit wäre, ihrem Geliebten überallhin zu folgen?«

»Oh, verständigen wir uns, gnädige Frau. Man geht wohl mit ihm in die Wüste und wohnt in einem Zelte, aber man setzt sich nicht in einen Laden.«

Sie schloß ihren Satz mit einer Gebärde der Verachtung, die ihr entschlüpfte. Und damit vernichtete Emilie, unter dem Einfluß ihrer verderblichen Erziehung, zum zweitenmal ihr aufkeimendes Glück. Die zur Schau getragene Kälte Maximilians und das Lächeln einer Frau hatten sie zu einer ihrer sarkastischen Bemerkungen verleitet, zu denen das boshafte Vergnügen, das sie dabei empfand, sie immer wieder verlockte.

»Mein Fräulein«, sagte Longueville leise, während das Geräusch der sich vom Tische erhebenden Damen seine Worte vor den andern übertönte, »niemand wird heißer für Ihr Glück beten als ich; gestatten Sie mir, Ihnen das zu versichern, bevor ich fortreise. In einigen Tagen gehe ich nach Italien.«

»Wohl mit der Herzogin?«

»Nein, mein Fräulein, aber mit einer vielleicht tödlichen Krankheit.«

»Ist das nicht eine Einbildung?« fragte Emilie und warf ihm einen beunruhigten Blick zu.

»Nein,« sagte er, »es gibt Wunden, die niemals vernarben.«

»Sie werden nicht abreisen«, sagte das stolze Mädchen lächelnd.

»Ich werde reisen«, entgegnete Maximilian ernst.

»Dann werden Sie mich, wenn Sie wiederkommen, verheiratet finden, ich warne Sie«, sagte sie mit kokettem Ausdruck.

»Ich wünsche es.«

»Abscheulicher!« rief sie aus, »wie grausam rächt er sich!«

Vierzehn Tage später reiste Maximilian Longueville mit seiner Schwester nach den warmen, poetischen Gefilden des schönen Italiens ab und ließ Fräulein von Fontaine als Beute der heftigsten Gewissensbisse zurück. Der junge Gesandtschaftssekretär machte die Anklage seines Bruders zu der seinigen und wußte sich für das verachtungsvolle Verhalten Emiliens eklatant zu rächen, indem er die Gründe für den Bruch der beiden Liebenden öffentlich mitteilte. Er gab seiner Tänzerin die boshaften Bemerkungen, mit denen sie vorher Maximilian überhäuft hatte, mit Zinsen zurück und brachte häufig mehr als eine Exzellenz zum Lächeln, wenn er die schöne Feindin der Kontore schilderte, die Amazone, die zu einem Kreuzzug gegen die Bankiers aufrief, das junge Mädchen, deren Liebe sich vor einem Stückchen Musselin verflüchtigte. Der Graf von Fontaine war genötigt, seinen Einfluß aufzubieten, damit August Longueville eine Mission nach Rußland erhielt, um seine Tochter vor der Lächerlichkeit zu schützen, die der junge gefährliche Verfolger mit vollen Händen über sie ausschüttete. Bald darauf ernannte das Ministerium, das zu einem Pairschub genötigt war, um die aristokratische Mehrheit zu stützen, die, wie sich ein berühmter Schriftsteller ausdrückte, in der edlen Kammer ins Wanken geraten war, Herrn »Guiraudin« von Longueville zum Pair von Frankreich und zum Vicomte. Auch Herr von Fontaine erhielt die Pairswürde als Belohnung für seine Treue während der schlimmen Tage und im Hinblick auf seinen Namen, der in der erblichen Kammer fehlte.

Emilie, die jetzt majorenn geworden war, stellte nun wohl ernsthafte Betrachtungen über ihre Zukunft an, denn sie änderte deutlich ihren Ton und ihr Benehmen: statt, wie üblich, ihrem Großonkel Bosheiten zu sagen, brachte sie ihm mit unveränderlicher Liebenswürdigkeit, die die Spaßvögel zum Lachen reizte, seinen Krückstock; sie bot ihm den Arm, fuhr in seinem Wagen aus und begleitete ihn auf allen Spaziergängen; sie redete ihm sogar ein, daß sie den Geruch seiner Pfeife gern habe, und las ihm seine geliebte »Quotidienne« vor, während der boshafte Seemann ihr absichtlich seinen Tabaksrauch ins Gesicht blies; sie lernte Pikett spielen, um dem alten Grafen darin gewachsen zu sein; und endlich hörte die junge,

sonst so launische Person geduldig den immer wiederkehrenden
Erzählungen von dem Kampfe der »Belle-Poule«, den Manövern
der »Ville-de-Paris«, der ersten Expedition des Herrn von Suffren
oder der Schlacht von Aboukir zu. Obwohl der alte Seemann oft
erklärt hatte, daß er seine Länge und Breite zu gut kenne, um sich
von einer jungen Korvette kapern zu lassen, erfuhren eines schönen
Morgens die Pariser Salons die Nachricht von der Heirat des Fräuleins von Fontaine mit dem Grafen von Kergarouet. Die junge Gräfin gab, um sich zu zerstreuen, glänzende Feste; aber sie fand auf
dem Grunde dieses Trubels das leere Nichts: der Luxus verhüllte
nur mangelhaft die Einsamkeit und das Unglück ihrer kranken
Seele; trotz der Ausbrüche einer gemachten Lustigkeit zeigte ihr
schönes Gesicht meistenteils den Ausdruck dumpfer Melancholie.
Im übrigen überhäufte Emilie ihren alten Gemahl mit Aufmerk-
samkeiten, der oft, wenn er abends bei den fröhlichen Klängen des
Orchesters seine Privatgemächer aufsuchte, sagte: »Ich erkenne
mich nicht wieder. Mußte ich dazu zweiundsiebzig Jahre warten,
um mich als Lotse auf der ›Schönen Emilie‹, nach zwanzig Jahren
ehelicher Galeerenstrafe, einzuschiffen?« Das Benehmen der Gräfin
war ein so streng zurückhaltendes, daß auch die hellsichtigste Kritik
ihr nichts anhaben konnte. Manche Beobachter meinten, daß der
Vizeadmiral sich das Recht vorbehalten hätte, frei über sein Vermögen zu verfügen, um seine Frau stärker an sich zu fesseln; eine solche Annahme wäre für den Onkel wie für die Nichte eine Beleidi-
gung gewesen. Die Haltung der beiden Ehegatten war übrigens eine
so klug abgewogene, daß auch die jungen Leute, denen am meisten
daran gelegen war, das Geheimnis dieser Ehe zu erfahren, nicht
ahnten, ob der alte Graf seiner Frau gegenüber Gatte oder Vater
war. Man hörte ihn oft sagen, daß er seine Nichte wie eine Schiff-
brüchige aufgenommen habe, und daß er auch früher niemals mit
der Gastfreundschaft Mißbrauch getrieben habe, wenn es sich ereignet hatte, daß er einen Feind vor der Wut des Unwetters rettete.
Obgleich die Gräfin den Anspruch erhob, über Paris zu herrschen
und sich auf gleiche Stufe mit den Herzoginnen von Maufrigneuse,
von Chaulieu, den Marquisen d'Espard und d'Aiglemont, den Grä-
finnen Féraud, von Montcornet, von Restaud, der Frau de Camps
und dem Fräulein des Touches zu stellen, so gab sie doch der Liebe
des jungen Vicomte von Portenduère nicht nach, der sie anbetete.

Zwei Jahre nach ihrer Verheiratung hörte Emilie in einem der alten Salons des Faubourg Saint-Germain, wo man ihren der alten Zeiten würdigen Charakter bewunderte, wie der Vicomte von Longueville gemeldet wurde; in der Ecke des Salons, wo sie eine Partie Pikett mit dem Bischof von Persepolis spielte, konnte ihre Aufregung von niemandem bemerkt werden: als sie den Kopf umwandte, hatte sie ihren alten Bewerber in vollem Glanze der Jugend hereintreten sehen. Der Tod seines Vaters und seines Bruders, den das böse Klima von Petersburg hingerafft hatte, hatte auf das Haupt Maximilians die erblichen Federn des Pairhutes übertragen; sein Vermögen kam seinen Beziehungen und seinem Verdienste gleich; noch am Abend vorher hatte seine junge, glühende Beredsamkeit in der ersten Kammer Aufsehen erregt. So erschien er der betrübten Gräfin in diesem Augenblick als freier Mann und mit allen Vorzügen ausgestattet, die sie früher von ihrem Ideal gefordert hatte. Alle Mütter heiratsfähiger Töchter bewiesen einem jungen Manne, der die Vorzüge, die man bei ihm voraussetzte, wirklich besaß, und dessen Anmut man bewunderte, das liebenswürdigste Entgegenkommen; aber besser als jede andere wußte Emilie, daß der Vicomte von Longueville jene Charakterstärke besaß, in der kluge Frauen die Gewähr des Glückes sehen. Sie warf einen Blick auf den Admiral, der, nach seinem familiären Ausdruck, sich noch lange an Bord halten würde, und verwünschte ihre jugendlichen Verirrungen.

In diesem Moment sagte der Herr von Persepolis mit bischöflicher Liebenswürdigkeit: »Meine schöne Dame, Sie haben den Coeurkönig abgeworfen, ich habe gewonnen. Aber Ihr Verlust braucht Ihnen nicht leid zu tun, ich hebe das Geld für meine kleinen Seminaristen auf.«

Über tredition

Eigenes Buch veröffentlichen

tredition wurde 2006 in Hamburg gegründet und hat seither mehrere tausend Buchtitel veröffentlicht. Autoren veröffentlichen in wenigen leichten Schritten gedruckte Bücher, e-Books und audio-Books. tredition hat das Ziel, die beste und fairste Veröffentlichungsmöglichkeit für Autoren zu bieten.

tredition wurde mit der Erkenntnis gegründet, dass nur etwa jedes 200. bei Verlagen eingereichte Manuskript veröffentlicht wird. Dabei hat jedes Buch seinen Markt, also seine Leser. tredition sorgt dafür, dass für jedes Buch die Leserschaft auch erreicht wird.

Im einzigartigen Literatur-Netzwerk von tredition bieten zahlreiche Literatur-Partner (das sind Lektoren, Übersetzer, Hörbuchsprecher und Illustratoren) ihre Dienstleistung an, um Manuskripte zu verbessern oder die Vielfalt zu erhöhen. Autoren vereinbaren direkt mit den Literatur-Partnern die Konditionen ihrer Zusammenarbeit und partizipieren gemeinsam am Erfolg des Buches.

Das gesamte Verlagsprogramm von tredition ist bei allen stationären Buchhandlungen und Online-Buchhändlern wie z. B. Amazon erhältlich. e-Books stehen bei den führenden Online-Portalen (z. B. iBookstore von Apple oder Kindle von Amazon) zum Verkauf.

Einfach leicht ein Buch veröffentlichen: **www.tredition.de**

Eigene Buchreihe oder eigenen Verlag gründen

Seit 2009 bietet tredition sein Verlagskonzept auch als sogenanntes "White-Label" an. Das bedeutet, dass andere Unternehmen, Institutionen und Personen risikofrei und unkompliziert selbst zum Herausgeber von Büchern und Buchreihen unter eigener Marke werden können. tredition übernimmt dabei das komplette Herstellungs- und Distributionsrisiko.

Zahlreiche Zeitschriften-, Zeitungs- und Buchverlage, Universitäten, Forschungseinrichtungen u.v.m. nutzen diese Dienstleistung von tredition, um unter eigener Marke ohne Risiko Bücher zu verlegen.

Alle Informationen im Internet: **www.tredition.de/fuer-verlage**

tredition wurde mit mehreren Innovationspreisen ausgezeichnet, u. a. mit dem Webfuture Award und dem Innovationspreis der Buch Digitale.

tredition ist Mitglied im Börsenverein des Deutschen Buchhandels.

Dieses Werk elektronisch lesen

Dieses Werk ist Teil der Gutenberg-DE Edition DVD. Diese enthält das komplette Archiv des Projekt Gutenberg-DE. Die DVD ist im Internet erhältlich auf **http://gutenbergshop.abc.de**

Zeitfracht Medien GmbH
Ferdinand-Jühlke-Straße 7
99095 Erfurt, Deutschland
produktsicherheit@kolibri360.de